AF093844

www.ingramcontent.com/pod-product-compliance
Lightning Source LLC
LaVergne TN
LVHW010605070526
838199LV00063BA/5085
9789358727241

چالاک خرگوش

کے کارنامے

(بچوں کا ناول)

معراج

© Me'raaj

Chaalaak Khargosh ke kaarnaame (Kids Novel)
by: Me'raaj
Edition: March '2024
Publisher :
Taemeer Publications LLC (Michigan, USA / Hyderabad, India)

ISBN 978-93-5872-724-1

مصنف یا ناشر کی پیشگی اجازت کے بغیر اس کتاب کا کوئی بھی حصہ کسی بھی شکل میں بشمول ویب سائٹ پر اَپ لوڈنگ کے لیے استعمال نہ کیا جائے۔ نیز اس کتاب پر کسی بھی قسم کے تنازع کو نمٹانے کا اختیار صرف حیدرآباد (تلنگانہ) کی عدلیہ کو ہو گا۔

© معراج

کتاب	:	**چالاک خرگوش کے کارنامے** (ناول)
مصنف	:	**معراج**
پروف ریڈنگ / تدوین	:	اعجاز عبید
صنف	:	ادب اطفال
ناشر	:	تعمیر پبلی کیشنز (حیدرآباد، انڈیا)
سالِ اشاعت	:	۲۰۲۴ء
صفحات	:	۷۸
سرورق ڈیزائن	:	تعمیر ویب ڈیزائن

فہرست

(۱)	مکھّن چور	6
(۲)	دانت گوند میں جم گئے !	10
(۳)	شلجموں کا تھیلا یا	13
(۴)	لومڑنے آم کھائے	16
(۵)	مرہم یا بوٹ پالش	19
(۶)	بلّی نے لومڑ کی پٹائی کی	22
(۷)	غبارہ اور بطخ کا لباس	25
(۸)	خرگوش نے جھُولا جھُولا	29
(۹)	جادو کا چمٹا اور پھکنی	31
(۱۰)	لومڑ اپنے ہی گودام میں بند ہو گیا	36
(۱۱)	بھیڑیے اور لومڑ نے چائے پی	39
(۱۲)	لپٹی کلپٹی ٹمبکٹو!	43
(۱۳)	چور ہمارے سموسے کھا گیا!	45
(۱۴)	بھیڑیے کا ناشتہ	49
(۱۵)	ریچھ پانی میں غوطے کھانے لگا	52
(۱۶)	خرگوش نے ریچھ کو گھڑی بھیجی	55
(۱۷)	شیر کے دربار میں	57
(۱۸)	خرگوش نے شیر کو درخت سے باندھ دیا	60
(۱۹)	آہ! اس میں زہر تھا	63
(۲۰)	خرگوش قہقہے لگا رہا تھا	66
(۲۱)	ریچھ کو بھی غار میں دھکیل کر بند کر دیا	68
(۲۲)	تڑ تڑ تڑ تڑ، کوئی سر پر تو کوئی منہ پر	71
(۲۳)	لومڑ کی کھال پر خرگوش کے بچے کھیلتے ہیں	75

۱۔ مکھّن چور

بہت دن گزرے جنگل کے سب جانور اکھٹّے رہا کرتے تھے۔ وہ سب ایک ہی تھالی میں کھانا کھاتے، ایک ہی چشمے میں پانی پیتے، گرمیوں میں مل جل کر کام کرتے اور سردیوں میں ایک ہی غار میں آرام کرتے۔ اُن دنوں سب جانوروں کو مکھّن کھانے کا بڑا شوق تھا۔ چنانچہ اُن کے مکھن کا ذخیرہ بھی ایک ہی تھا۔ جب کسی کو ضرورت ہوتی تو وہ تھوڑا سا مکھّن نکال کر کھالیتا۔

ایک دن انہوں نے دیکھا کہ کسی نے بہت سا مکھن چرا لیا ہے۔ سب جانوروں کو بڑی تشویش ہوئی۔ انہوں نے فیصلہ کیا کہ ہر روز ایک جانور ساری رات جاگ کر پہرا دے۔ پہلی باری ریچھ کی آئی۔ وہ مرتبان سامنے رک کر بیٹھ گیا۔ بیٹھے بیٹھے ریچھ کی ٹانگیں درد کرنے لگیں۔ رات کے پچھلے پہر باہر کھُسر پھُسر کی آواز سنائی دی۔ ریچھ کے کان کھڑے ہو گئے۔ کوئی آہستہ آہستہ کہہ رہا تھا، "بیری کے درخت والے چھتّے میں سوراخ ہو گیا ہے۔ سارا شہد بہا جا رہا ہے، بھیّا ریچھ ہوتے تو انہیں بتا دیتا۔"

ریچھ شہد کھانے کا بڑا شوقین تھا۔ وہ سب کچھ بھول بھال کر باہر کی طرف لپکا۔ اُدھر خرگوش اندر آیا اور مکھّن کا مرتبان نکال کر جی بھر کے مکھّن کھایا اور ریچھ کے آنے سے پہلے باہر چلا گیا۔ بے چارا ریچھ ناکام واپس لوٹا۔

اگلی صبح جانوروں نے مکھّن کم پایا تو انہوں نے ریچھ کو بہت برا بھلا کہا اور سزا کے

طور پر سال بھر کے لیے اس کا مکھّن بند کر دیا۔

اگلے دن کتّے کی باری تھی۔ وہ دن بھر پہرا دیتے دیتے تھک گیا۔ رات کو پھر خرگوش آیا۔ اس نے کتّے کو زور سے سلام کیا، "ہیلو بھیّا بھوں بھوں! کیسے مزاج ہیں؟"

کتّا بولا، "صبح سے بیٹھے بیٹھے تنگ آگیا ہوں۔"

خرگوش بولا، "تو آؤ ذرا دوڑ لگائیں۔"

کتا دوڑنے کا بہت شوقین تھا۔ جھٹ تیار ہو گیا۔ خرگوش نے کہا، "میں گھاس میں دوڑتا ہوا لمبا چکّر کاٹ کر پل تک جاتا ہوں، تم سڑک سڑک جاؤ، دیکھیں پہلے کون ہاتھ لگا کر واپس لوٹتا ہے۔"

کتّا مان گیا۔ دوڑ شروع ہوئی۔ خرگوش گھاس میں کچھ دور دوڑا، پھر دُبک کر بیٹھ گیا۔ جب کتّا کافی دور نکل گیا، تب وہ اطمینان سے باہر نکلا اور اس نے گودام میں جا کر جی بھر کے مکھّن کھایا اور پھر گھاس میں چھپ گیا۔

اتنے میں کتّا دوڑ لگا کر واپس آگیا۔ اس نے ہانپتے ہوئے آواز دی، "اے خرگوش بھیّا! کہاں ہو تم؟"

خرگوش نے گھاس سے سر نکالا اور جھوٹ موٹ ہانپتا ہوا باہر آیا اور کتّے سے ہاتھ ملا کر گھر کو چل دیا۔

اگلے دن بے چارہ کتّا بھی سال بھر کے لیے مکھّن سے محروم کر دیا گیا۔

اب بھیڑیے کی باری تھی۔ وہ بھی دن بھر مرتبان سامنے رکھ کر بیٹھا رہا۔ رات کو خرگوش پھر آیا۔ اس نے بھیڑیے کو گدگداتے ہوئے کہا، "کتنے چور پکڑ لیے ہیں بھیڑیے خان؟"

بھیڑیا گدگدی کے مارے ہنسنے لگا۔ خرگوش نے اور زیادہ گدگداتے ہوئے کہا، "اتنا

نہیں ہنسا کرتے بھیڑیے بھیّا!"

بھیڑیا اور زور زور سے ہنسنے لگا۔ اسے گدگدی بہت ہوتی تھی۔ خرگوش نے دونوں ہاتھوں سے گدگداتے ہوئے کہا، "جو زیادہ ہنستا ہے، وہی زیادہ روتا بھی ہے۔"

بھیڑیا ہنستے ہنستے اپنی کرسی سے لڑھک گیا اور زمین پر لوٹنے پوٹنے لگا۔ خرگوش نے اسے کرسی پر بٹھایا اور گرد جھاڑنے کے بہانے اس کی آہستہ آہستہ مالش کرنے لگا۔

بھیڑیا سو گیا۔ تب خرگوش اندر گیا۔ اس نے جی بھر کے مکھّن کھایا اور اپنے گھر کی راہ لی۔ اگلے دن بھیڑیے کا بھی وہی حشر ہوا۔ سال بھر کے لیے مکھّن بند!

اب لومڑ کی باری تھی۔ رات کو پھر خرگوش آیا۔

"اوہو! آج لومڑ بھیّا کی باری ہے۔" خرگوش نے کہا، "کتنے چور پکڑ لیے ہیں بھیّا جی؟"

لومڑ نے بیزاری سے کہا، "صبح سے بیٹھے بیٹھے تنگ آ گیا ہوں۔"

خرگوش بولا، "تو آؤ آنکھ مچولی کھیلیں۔"

"اور اگر چور آ گیا تب؟"

خرگوش بولا، "ہم دونوں اس کا بھُرتا بنا دیں گے۔"

لومڑ مان گیا۔ دونوں درختوں کے پیچھے آنکھ مچولی کھیلتے رہے۔ کچھ ہی دیر میں لومڑ اتنا تھک گیا کہ وہ آرام کرنے زمین پر لیٹا اور لیٹتے ہی سو گیا۔

اگلے دن اس کو بھی سزا ملی۔ سال بھر تک مکھّن بند۔

لومڑ ذرا ہوشیار جانور تھا۔ اس نے اپنا شبہ خرگوش پر ظاہر کیا۔ اب تو سب جانور باری باری اپنی آپ بیتی بیان کرنے لگے۔ سب کو یقین ہو گیا کہ خرگوش چالاکی سے مکھّن چُرا لیتا ہے۔ سب جانوروں نے اس دفعہ جنگل کے جاسوس بندر کو چور پکڑنے کے لیے

مقرّر کیا۔

بندر مکھّن کا مرتبان نیچے رکھ کر اس پر آلتی پالتی مار کر بیٹھ گیا۔

رات کو خرگوش آیا، "ہیلو بھیّا بندر! کیسے مزاج ہیں؟"

"بہت برے۔" بندر نے رکھائی سے جواب دیا، "صبح سے سر درد اور زکام ہے۔"

"تو آیئے سیر کو چلیں۔" خرگوش بولا۔

"نہیں بھیّا! بالکل موڈ نہیں ہے۔" بندر رکھائی سے بولا۔

آنکھ مچولی بھی نہیں کھیلو گے؟" خرگوش نے اشتیاق سے پوچھا۔

بندر بولا، "نہیں، مجھے بچوں کے کھیل پسند نہیں آتے۔"

خرگوش نے حیرانی سے پوچھا، "تو پھر کونسا کھیل پسند ہے تمہیں؟"

بندر بولا، "رسّا کشی۔"

خرگوش مان گیا۔ بندر نے جھٹ پٹ خرگوش کی دُم سے رسّا باندھا۔ اس دوسرا سرا درخت سے باندھ کر بولا، "کھینچیے رسّا۔"

اب خرگوش رسّا کھینچنے میں مصروف رہا۔ اُدھر بندر سب جانوروں کو بلا لایا۔ خرگوش انہیں آتے دیکھ کر چونکنا ہوا اور ساری بات بھانپ گیا۔ اس نے دُم چھڑانے کی کوشش کی لیکن کامیاب نہ ہو سکا۔

بے چارا خرگوش پکڑا ہی گیا، جانوروں نے سزا کے طور پر اس کی دُم کاٹ ڈالی اور اس کے کانوں کو زور زور سے کھینچا۔ کہتے ہیں میاں خرگوش تب سے لنڈورے ہیں اور اس کے کان بھی لمبے ہیں۔ اس دن سے خرگوش جنگل کے جانوروں سے علیحدہ رہتا ہے۔

۲۔ دانت گوند میں جم گئے!

بھیڑیے کے کھیت سے شکر قندی چُرانا کوئی آسان کام نہ تھا، کیوں کہ بھیڑیا بہت دبے پاؤں چلتا ہوا آتا اور چور کو پیچھے سے پکڑ لیتا تھا، لیکن خرگوش ہر روز بھیڑیے کے کھیت سے شکر قندی چُرا لاتا۔ وہ پہلے ایک بڑی سی ہڈی کھیت میں دبا دیتا، پھر شکر قندیاں اکھاڑ کر اپنے تھیلے میں بھرتا اور ٹہلتا ہوا کھیت سے باہر چلا جاتا۔

بھیڑیے کو بھی شکر قندیوں کی چوری کا پتہ چل گیا۔ ایک دن وہ چور کو پکڑنے کے لیے بھوسے کے ڈھیر کے پیچھے چھپ کر بیٹھ گیا اور انتظار کرنے لگا۔ کچھ دیر میں خرگوش بھی آ پہنچا۔ اس نے زمین کھود کے ہڈی دفن کی اور شکر قندی اکھاڑ کر تھیلے میں بھری اور سیٹی بجاتا ہوا چل دیا۔

جونہی وہ بھوسے کے ڈھیر کے پاس پہنچا، بھیڑیا جھٹ سے باہر نکلا اور اس نے خرگوش کو پکڑ لیا۔

"تم میرے کھیت میں کیوں آئے ؟" بھیڑیے نے پوچھا۔

خرگوش نے کہا، "میں خود نہیں آیا۔ ہوا تیز تھی۔ اس نے مجھے اڑا کر تمھارے کھیت میں لا پھینکا!"

بھیڑیے نے پوچھا، "پھر تم نے میری شکر قندی کیوں توڑی ؟"

خرگوش نے مسمسی صورت بنا کر کہا، "ہوا تیز تھی۔ میں سہارا لینے کے لیے شکر قندی کا پودا پکڑتا تو وہ جڑ سے اکھڑ جاتا۔"

بھیڑیا خرگوش کی چالاکی پر ہنسا اور بولا، "یہ شکر قندیاں تمھارے تھیلے میں کیسے آ گئیں؟"

خرگوش نے مسکینی سے کہا، "میں بھی اس پر غور کرتا ہوا جا رہا تھا کہ تم نے پکڑ لیا۔"

بھیڑیا چیخ کر بولا، "بس بس۔ اپنی بکواس بند کرو اور کان کھول کر سن لو کہ آج تمہارا قیمہ پکایا جائے گا۔"

خرگوش نے فوراً کہا، "تم بھی کان کھول کر سن لو کہ میں تمہیں ایک راز بتانے والا تھا، جو اب کبھی نہ بتاؤں گا۔"

"وہ کیا ہے بھلا؟" بھیڑیے نے اشتیاق سے پوچھا۔

خرگوش ہونٹ بھینچ کر بولا، "بالکل نہیں بتاؤں گا۔ بے شک تم میرا قیمہ بناؤ یا بوٹیاں اڑادو۔"

اب بھیڑیے کا اشتیاق بڑھا۔ وہ جتنا پوچھتا، خرگوش اتنا ہی انکار کرتا رہا۔ آخر خرگوش نے کہا، "تم یہ سمجھتے ہو کہ میں ان شکر قندیوں کی خاطر تمھارے کھیت میں آیا تھا۔ یہ بات بالکل نہیں ہے بھیّا جی!"

"تو پھر؟" بھیڑیے نے پوچھا۔

خرگوش نے کہا، "میں ڈائناسار کی ہڈیاں لینے تمھارے کھیت میں آیا تھا۔ مجھے معلوم ہوا تھا کہ وہ تمھارے کھیت میں دفن ہیں۔"

بھیڑیے نے کہا، "میں نے تو کبھی ڈائناسار کا نام نہیں سنا۔ پتہ نہیں تم یہ کیا ذکر لے بیٹھے۔"

خرگوش نے حیرانی سے کہا، "ارے تو کیا تم ڈائناسار کا نام نہیں جانتے؟ بھیّا جو ان

ہڈیوں کو کھا لیتا ہے، وہ اپنے سے سینکڑوں گنا طاقتور جانور کو مار گرا سکتا ہے۔"

ایسی کہانیاں سنا سنا کر خرگوش پہلے ہی بھیڑیے کو بے وقوف بنا چکا تھا۔ اسے خرگوش کی باتوں کا یقین نہ آیا۔ خرگوش نے پھر کہا، "نہ مانو، تمھاری مرضی! اگر مجھے مل گئیں تو سب سے پہلے تمہیں مار گراؤں گا۔ سمجھے!"

خرگوش نے لمبے لمبے سانس لیے اور جلدی سے بولا، "اوہ! ٹھہر نا ذرا! کیا تمہیں بھی کچھ خوشبو آئی بھیّا؟"

بھیڑیے نے بھی لمبے لمبے سانس لیے۔ اسے قریب ہی دفن کی ہوئی ہڈیوں کی خوشبو آئی جو صبح خرگوش نے دفن کی تھیں۔

وہ دونوں جلدی جلدی زمین کھودنے لگے۔ خرگوش نے اپنے قریب ہی دبی ہوئی ایک بڑی سی ہڈی نکالی اور چپکے سے اس پر گاڑھے گاڑھے گوند کی شیشی انڈیل دی اور جلدی سے بولا، "ارے یہ رہی۔ میں نے نکال لی ہے۔"

بھیڑیا بے صبری سے بولا، "لاؤ لاؤ! کہاں ہے؟ مجھے دو۔"

اس نے خرگوش کے ہاتھ سے ہڈی چھین لی اور چبانے کے لیے اس پر منہ مارا۔ لیکن اس کے دانت گوند میں گڑ کر جم گئے اور منہ چپک کر رہ گیا۔

"غر غر۔۔۔۔ خر خر خر۔۔۔۔" بھیڑیے نے خرگوش کو امداد کے لیے پکارنا چاہا، لیکن اس کے منہ سے کچھ بھی تو نہ نکل سکا۔

بے چارہ کبھی ایک ہاتھ سے ہڈی کھینچتا۔ کبھی دونوں ہاتھوں سے زور لگاتا۔ اس کوشش میں اس کی آنکھیں باہر اُبل آئیں۔ پسینے سے جسم شرابور ہو گیا اور آخر ہڈی منہ سے باہر نکل تو آئی، لیکن اس کے ساتھ بھیڑیے کے چار دانت بھی باہر آ رہے۔

خرگوش جو سب تماشا دیکھ رہا تھا، اب چپکے سے کھسک گیا۔

۳۔ شلجموں کا تھیلا یا۔۔۔۔

خرگوش شلجموں کا تھیلا اٹھائے ریچھ کے کھیت سے گزر رہا تھا کہ ریچھ نے اُسے دیکھ لیا۔ اس نے چلّا کر کہا، "یہ کیا لیے جا رہے ہو تم؟"

خرگوش نے کہا، "شلجم ہیں بھیّا جی! کہیے تو دکھا بھی دوں آپ کو؟"

ریچھ جل کر بولا، "ارے! میرے ہی کھیت سے چرائے ہوں گے۔ چوری کرنا تو تمہاری عادت ہے۔"

خرگوش نے کہا، "نہ بھیّا جی! تمھارے کھیت سے نہیں چرائے۔ تمھارے کھیت سے گزر کر جا رہا تھا کہ تم مل گئے۔"

ریچھ نے پوچھا، "تم اتنے بہت سے شلجموں کا کیا کرو گے؟"

خرگوش نے کہا، "میں شلجموں کا اچار بناؤں گا اور گلشن بیگم کو اس کی سالگرہ پر پیش کروں گا۔ تمھاری تسلّی ہو گئی یا کچھ اور پوچھنا ہے؟"

ریچھ کو یقین نہیں آیا تھا۔ وہ بڑبڑاتا ہوا اپنے گھر چل دیا، لیکن جب راستے میں اسے تازہ کھدا ہوا کھیت ملا تو وہ غصّے سے چیخنے لگا۔ وہاں کہیں کچھوا بھی سو رہا تھا۔ وہ ہڑبڑا کر اٹھا۔ اس نے پوچھا، "ہیں ہیں! کیا ہوا؟"

ریچھ چیخ کر بولا، "خرگوش نے چوری کی ہے۔ میں آج شام اس کے گھر سے اپنے شلجم اٹھا لاؤں گا۔"

کچھوا مسکرا کر بولا، "تو یہ بات ہے۔ میں سمجھا کہیں قیامت آ گئی ہے۔"

وہ رینگتا ہوا خرگوش کے گھر پہنچا اور اسے ساری بات کہہ سنائی۔

"اچھا! یہ بات ہے۔" خرگوش سر کھجا کر بولا، "میں نے ریچھ کے کھیت سے شلجم نہیں چرائے۔ وہ صبح بیگم ریچھ نے میرے سامنے خود نکالے تھے۔ تو آج ریچھ شلجم چرانے آئے گا۔ ہاہاہا! خوب تماشا رہے گا۔"

جیسے ہی اندھیرا چھایا، خرگوش ریچھ کے مکان پر گیا اور وہاں سے بیگم ریچھ کے جوتے، چھری کانٹے، پیالے پلیٹیں اور چینی کے برتن سب ایک تھیلے میں بھر کے اپنے گھر لے آیا۔

اس نے تھیلا باورچی خانے میں رکھا۔ کھڑکی کو کھول دیا اور خود کچھوے کے ساتھ دروازے کے پیچھے چھُپ کر کھڑا ہو گیا۔

کچھ دیر بعد ریچھ بھی آ پہنچا۔ اس نے کھلی ہوئی کھڑکی سے جھانک کر دیکھا، تھیلا فرش پر رکھا ہوا تھا۔ وہ چپکے سے اندر گھسا اور تھیلا اٹھا کر باہر لے آیا۔

"اوہ خدا! یہ کتنا بھاری ہے۔ کتنے بہت سے شلجم ہوں گے اس میں؟" ریچھ آہستہ سے بڑبڑایا۔

جونہی ریچھ گیا، دونوں دوست ہنستے ہنستے لوٹ پوٹ ہو گئے۔ خرگوش نے کہا، "بھیّا کچھوے! تم ذرا ٹھہرو۔ میں باقی ڈرامہ دیکھ کر ابھی آتا ہوں۔"

خرگوش ریچھ کے پیچھے پیچھے چھُپتا ہوا اس کے گھر پہنچا اور کھڑکی سے جھانکنے لگا۔

بیگم ریچھ چلّا چلّا کر کہہ رہی تھی، "آج میرے جہیز کے برتن، گلدان، جوتے سب چوری ہو گئے۔ تم ابھی جاؤ اور چور کو پکڑ لاؤ۔"

ریچھ نے کہا، "چور کا اتہ پتہ تو معلوم ہے نہیں، میں کسے پکڑ لاؤں؟"

بیگم ریچھ چلّانے لگی، "ارے تم تو ہمیشہ میرے میکے اور ان کی دی ہوئی چیزوں سے

نفرت کرتے رہے۔ہائے کتنی قیمتی چیزیں تھیں؟"

بیگم ریچھ رونے لگی۔ریچھ نے گھبرا کر تھیلا زور سے زمین پر پٹخ دیا۔ایک چھناکے کی آواز آئی اور بیگم ریچھ حیرانی سے تھیلے کو دیکھنے لگی۔اس نے ریچھ سے پوچھا،"اس میں کیا ہے؟"

ریچھ بولا،"شلجم ہیں،جو صبح خرگوش اکھاڑ کر لے گیا تھا۔"

"لیکن شلجم تو صبح میں نے نکالے تھے۔"

بیگم ریچھ فوراً باورچی خانے سے چھری لائی اور اس نے رسّی کاٹ کر تھیلا الٹ دیا۔ برتنوں کا چورا اور چھری کانٹے سب زمین پر آ رہے۔

بیگم ریچھ ایک دم گرجنے لگی،"یہ شلجم ہیں؟تم نے میری سب چیزوں کو خراب کر ڈالا۔ہائے ہائے۔"

وہ ریچھ کی طرف جھپٹی اور اس نے ریچھ کو اس زور سے کاٹا کہ وہ درد سے چلّانے لگا۔

خرگوش نے گھر جا کر سب کہانی مزے لے لے کر کچھوے کو سنائی۔دونوں دوست دیر تک ہنستے رہے۔

۴۔ لومڑ نے آم کھائے

اگلے روز کچھوا خرگوش سے رخصت ہوا۔

موسم خوشگوار تھا۔ کچھوا ٹہلتے ٹہلتے دور جا نکلا، یہاں تک کہ وہ تھک کر سو گیا۔ یہ تو سب کو پتہ ہے کہ کچھوا اپنا مکان اپنے ساتھ ساتھ لیے پھرتا ہے۔ ایک درخت کے سائے میں پہنچ کر اس نے اپنے مکان کا دروازہ بند کر لیا اور سونے لگا۔ وہ دن ڈھلے تک سوتا رہا۔ اچانک کوئی اسے الٹنے پلٹنے لگا۔ کچھوے نے ذرا سا دروازہ کھول کر دیکھا۔۔۔۔ یہ لومڑ تھا!

کچھوا ایک زوردار قہقہہ مار کر بولا، "کسے پتہ تھا کہ بھیّا لومڑ کی بھی یہاں زیارت ہو گی اور تم بھی کیسے موقعے پر پہنچے ہو کہ مزہ آ گیا۔"

لومڑ جو اسے کھانے کا منصوبہ بنا رہا تھا، رُک گیا اور حیرانی سے بولا، "مجھے بھی تو بتاؤ کہ تم اتنے خوش کیوں ہو؟"

کچھوے نے کہا، "ارے بھیّا! کیا بتاؤں۔ صبح سے رسیلے مزیدار آم کھاتے کھاتے پیٹ پھول گیا۔ اتنے بہت سے کھا گیا ہوں کہ اب چلا بھی نہیں جاتا۔"

لومڑ کو آم بہت بھاتے تھے۔ اس کے منہ میں پانی بھر آیا۔ کچھوا لہک لہک کر گانے لگا:

لطف پستے میں ہے نہ بادام میں
جو مزہ پایا ہے ہم نے آم میں

لومڑ نے تھوتھنی اٹھا کر اِدھر اُدھر دیکھا، لیکن اسے کہیں بھی آم نظر نہ آئے۔ اس نے حیرانی سے کہا، "بھئی مجھے تو کہیں نظر نہیں آئے۔ تم ہی بتا دو کہاں لگے ہیں؟"

کچھوا ہنس کر بولا، "پیڑ کے نیچے کھڑے ہو اور آم کا پتہ پوچھتے ہو۔ واہ بھئی واہ!"

لومڑ نے پھر غور سے دیکھا، لیکن اسے پتوں کے علاوہ کچھ بھی نظر نہیں آیا۔

"سچ، مذاق نہ کرو۔ مجھے یہاں کچھ نظر نہیں آتا۔"

کچھوا بولا، "واہ بھیّا! تمھاری نظر کمزور ہو گئی ہے۔ میں تو اب بھی دیکھ رہا ہوں۔ یہ لو، یہ رہا ایک پکا ہوا پیلا آم، یہ دوسرا، یہ تیسرا۔"

کچھوا یوں ہی ہاتھ سے اشارے کرنے لگا۔

"ہاں ہاں ضرور ہو گا، لیکن یہ تم نے کیسے توڑے؟" لومڑ نے جلدی سے پوچھا۔

کچھوے نے اپنا دروازہ کھول دیا اور بولا، "آئے ہائے! یہ راز کی باتیں تم کیا جانو۔ میاں! اس کے لیے عمر چاہیے اور تجربہ! میں تمھیں ہرگز نہ بتاؤں گا۔"

"کیوں بھیّا! کیوں نہیں بتاؤ گے؟" لومڑ نے حیرانی سے پوچھا۔

کچھوے نے کہا، "اس لیے کہ تم جنگل کے جانوروں سے کہتے پھرو گے اور وہ سارے آم خود کھا جائیں گے۔"

لومڑ نے جلدی سے کہا، "قسم لے لو بھیّا! میں کسی کو نہیں بتاؤں گا۔ اب تم جلدی سے بتا دو کہ تم نے کس طرح آم توڑے؟"

کچھوے نے کہا، خیر بتا دیتا ہوں۔ دیکھو میری طرح تم بھی زمین پر بیٹھ جاؤ۔ گردن اوپر اٹھاؤ پھر آنکھیں بند کر کے منہ کھول دو۔ تمھیں کچھ دیر انتظار کرنا ہو گا۔ پھر آم جھپاک سے تمھارے منہ میں آ گرے گا۔"

لومڑ جلدی سے نیچے بیٹھ گیا۔ اس نے اپنی آنکھیں بند کر کے منہ کھول دیا اور آم

گرنے کا انتظار کرنے لگا۔

ادھر کچھوا رینگتے رینگتے کافی دور نکل گیا۔ راستے میں اسے خرگوش مل گیا۔ کچھوے نے ہنس ہنس کر لومڑ کی کہانی سنائی۔

خرگوش ہنس کر بولا،"اچھا یہ بات ہے۔ ابھی ایک اور تماشا دیکھتے جاؤ۔ یہ کہہ کر وہ اس جگہ پہنچا، جہاں لومڑ آم کے انتظار میں منہ کھولے ہوئے بیٹھا تھا۔

خرگوش نے ایک پتھر اٹھایا اور آہستہ سے لومڑ کے منہ میں پھینک دیا، جسے وہ آم سمجھ کر نگل گیا۔ پھر ایک اور پتھر اس کے منہ میں گیا۔ اسے بھی وہ آم سمجھ کر نگل گیا۔۔۔۔۔ پھر ایک اور۔۔۔۔۔ ایک اور۔۔۔۔۔ اور خدا جانے کتنے ہی پتھر لومڑ کے پیٹ میں پہنچ گئے۔ آخر میں خرگوش نے ایک بڑا سا پتھر جو مارا تو لومڑ کے دانت ہی ہل گئے۔ اس کی آنکھیں کھل گئیں اور وہ درد سے چلّانے لگا۔ سب سے پہلے اس کی نظر خرگوش پر پڑی، جو ہنس ہنس کر دوہرا ہوا جا رہا تھا۔ وہ خرگوش کو پکڑنے کے لیے لپکا، لیکن خرگوش ہاتھ کہاں آتا؟

۵۔ مرہم یا بوٹ پالش

خرگوش نے شلجموں کا اچار اور مربّہ بنایا اور اسے گودام میں رکھ دیا۔ ریچھ تو تاک میں رہتا ہی تھا۔ ایک دن موقع پا کر کھڑکی کے راستے گودام میں گھُسا اور سات مرتبان چُرا کر لے گیا۔

اگلے دن جب خرگوش نے مرتبان کم دیکھے تو وہ بہت ناراض ہوا۔ وہ بہت سے کیکر کے کانٹے لایا اور چور کے انتظار میں چھُپ کر بیٹھ گیا۔

رات کے وقت ریچھ دبے پاؤں گودام میں داخل ہوا۔ اُدھر خرگوش نے جلدی سے جگہ جگہ کانٹے بکھیر دیے اور کمرے میں بیٹھ کر انتظار کرنے لگا۔

جب ریچھ مرتبان چُرا کر واپس ہوا تو اس کا پاؤں کسی کانٹے پر جا پڑا۔ ریچھ نے ایک چیخ ماری، جسے سن کر خرگوش ایک چھڑی ہاتھ میں لیے باہر کی طرف بھاگا اور اونچی آواز میں چلّانے لگا، "سانپ سانپ! میں ضرور اسے مار ڈالوں گا۔"

یہ آواز ریچھ کے کان میں پڑی۔ وہ سمجھا اسے سانپ ہی نے کاٹا ہے۔ وہ اور زور زور سے چلّانے لگا۔ خرگوش آواز سن کر ٹھہر گیا اور بولا، "یہاں کون ہے؟"

"میں ہوں بھیّا! مجھے سانپ نے کاٹ لیا ہے۔" ریچھ نے کراہتے ہوئے کہا۔

خرگوش نے پوچھا، "تم رات کو یہاں کیا کرتے پھر رہے ہو؟"

ریچھ بولا، "یہ بے کار باتوں کا وقت نہیں بھیّا! تم جا کر ڈاکٹر کو بُلا لو۔"

خرگوش نے پھر پوچھا، "پہلے بتاؤ کہ تم یہاں کیا کر رہے ہو؟"

ریچھ کراہتے ہوئے بولا، ""میں تمھاری چٹنی کے مرتبان چُرا کر لے جارہا تھا۔ اب مہربانی کر کے تم ڈاکٹر کو بُلالاؤ، ورنہ میں یہیں مر جاؤں گا۔"

"مر ہی جاؤ تو اچھا ہے۔" خرگوش واپس جاتے ہوئے بولا۔

ریچھ دو چار قدم ہی چلا تھا کہ اسے پھر کانٹا چبھا اور وہ چلّانے لگا، "ارے! اس نے مجھے پھر کاٹ لیا ہے۔ بھیّا تم جا کر ڈاکٹر کو بلالو۔ میں تمھارے مرتبان تمہیں لوٹا دوں گا۔"

خرگوش نے پوچھا، "اور کیا دوگے؟"

"سات شہد کے مرتبان۔" ریچھ نے کہا۔

"اور کچھ؟"

"سات ٹماٹر کی چٹنی کے مرتبان۔"

خرگوش نے کہا، "اچھا! تم یہاں ٹھہرو۔ میں ابھی آتا ہوں۔ اگر تم اچھلتے پھرے تو وہ سانپ تمہیں پھر کاٹ لے گا۔"

خرگوش بھاگتا ہوا ریچھ کے گھر گیا اور وہاں سے ٹماٹر کی چٹنی، اچار اور شہد کے مرتبان اٹھالایا۔ ابھی تک بے چارہ ریچھ اپنا پاؤں پکڑے زمین پر بیٹھا ہوا تھا۔ اس نے کہا، "بھیّا! میری ٹانگیں سوج رہی ہیں اور زہر سارے جسم میں پھیل گیا ہے۔"

خرگوش ایک کالی پالش کی ڈبیا اور لالٹین لے آیا۔ اس نے بہت سی پالش ریچھ کے پاؤں میں لتھیڑ دی اور بولا، "یہ سانپ کے زہر کے لیے بہترین چیز ہے۔ اب تم صبح تک بالکل ٹھیک ہو جاؤ گے۔"

ریچھ لنگڑاتا ہوا اپنے گھر کو چلا۔ خرگوش نے پھر کہا، "بھیا! جیسے ہی تم گھر پہنچو، فوراً سب مرہم چاٹ کر صاف کر دینا اور تازہ مرہم لگا لینا۔ پھر تمہیں ڈاکٹر کی بھی ضرورت نہیں پڑے گی۔"

ریچھ نے اپنے گھر جاتے ہی اپنا پاؤں چاٹ چاٹ کر صاف کیا۔ اسے بوٹ پالش بہت بد ذائقہ لگی، لیکن وہ اسے چاٹتا ہی رہا۔

پھر اس نے مرہم لگانے کے لیے ڈبیا اٹھائی۔ اس پر لکھا ہوا تھا:

"بوٹ پالش۔"

ریچھ کو اعتبار نہ آیا۔ اس نے پھر غور سے پڑھا، "بوٹ پالش۔"

وہ غسل خانے کی طرف بھاگا۔ وہاں بہت دیر تک کُلّیاں کرتا رہا، لیکن زبان کی سیاہی بہت دنوں تک نہیں چھوٹی۔

۶۔ بلّی نے لومڑ کی پٹائی کی

جنگل میں ایک نیک دل اور مہربان خاتون رہتی تھی، جس کا نام گلشن بیگم تھا۔ اس کی تین لڑکیاں تھیں۔ شبنم، چمپا اور نرگس۔ جنگل کے سب جانور گلشن بیگم اور اس کی لڑکیوں سے محبت کرتے تھے۔

گلشن بیگم کی سالگرہ پر جنگل کے سب جانور تحفے لے کر آئے۔ خرگوش نے بھی اپنے چٹنی اور اچار کے مرتبان تحفتہً پیش کیے۔

نئے مہمانوں میں ایک بی بطخ تھی، جس کی گفتگو سے گلشن بیگم اور اس کی لڑکیاں بہت خوش ہوئیں۔ خرگوش اور کچھوا بھی اس نئی دوست سے مل کر بہت خوش تھے، لیکن ریچھ، بھیڑیا اور لومڑ دل ہی دل میں اسے ہڑپ کرنے کے منصوبے بنانے لگے۔

گپ شپ کا دور چلنے لگا۔ خرگوش مزے لے لے کر اپنے کارنامے سنانے لگا، جس سے ریچھ، بھیڑیا اور لومڑ سخت پیچ و تاب کھانے لگے۔

خرگوش نے ہنس کر کہا، "بھیّا ریچھ بہت اچھی پالش کرتا ہے اور پالش کرنے کے بعد زبان سے جوتے چاٹ چاٹ کر چمکاتا بھی ہے۔ کسی کو یقین نہ آئے تو بھیّا ریچھ کی زبان دیکھ لے۔"

ریچھ خاموشی سے اٹھا اور باہر چلا گیا۔ سب لوگ دیر تک ہنستے رہے۔ خرگوش نے پھر کہا، "بھیڑیا میرا پرانا خدمات گار ہے۔ کل ایک معمولی بات پر میں نے مکّہ مار کر اس کے دانت باہر نکال دیے۔ ذرا منہ کھول کر دکھانا بھیّا!"

بھیڑیا خاموشی سے اٹھا اور باہر چلا گیا۔ خرگوش نے کہا، "آپ نے دیکھ لیا، میں کوئی معمولی جانور نہیں ہوں۔ جنگل کے بڑے بڑے جانور میرے پرانے خدمت گار ہیں۔ میں بہت عقلمند ہوں۔ میں ہر کام کر سکتا ہوں۔"

گلشن بیگم کو بہت دنوں سے چمٹے اور پھکنی کی ضرورت تھی۔ موقع ہاتھ آگیا۔ اس نے جھٹ سے کہا، "ہم تمھاری عقلمندی کو تب مانیں گے جب تم کہیں سے چمٹا اور پھکنی لا کر دو۔"

خرگوش کے کان کھڑے ہوئے۔ گلشن بیگم نے بہت مشکل کام بتا دیا تھا۔ کیوں کہ چمٹا اور پھکنی صرف میاں آدم جی کے ہاں ہی مل سکتی تھیں۔ خرگوش نے کہا، "ضرور ضرور لا دوں گا۔ بس دو چار دن کی بات ہے!"

باہر ہلکی ہلکی بوندیں پڑ رہی تھیں۔ خرگوش نے اپنا ہیٹ اور چھڑی اٹھائی اور چلنے کو تیار ہوا۔ وہ سب سے مل کر گلشن منزل سے نکلا ہی تھا کہ لومڑ اس کے پیچھے پیچھے آیا اور اسے کوٹ سے پکڑ کر بولا، "یہ کیا بدتمیزی کی تم نے۔ ریچھ اور بھیڑیے کو بھری محفل میں رُسوا کیا۔"

خرگوش فوراً بولا، "لیکن بھیّا! میں نے تمھاری کوئی برائی نہیں کی، کیوں کہ میں جانتا ہوں کہ تم بہت دلیر اور بہادر ہو۔"

بے چارہ خرگوش بہت پریشان تھا کہ وہ لومڑ سے کیسے نجات حاصل کرے۔ اچانک لومڑ چلتے چلتے ٹھہر گیا اور غور سے سڑک دیکھنے لگا۔ اس نے بدحواسی میں کہا، "بھیّا خرگوش! جلدی بھاگو۔ دیکھتے نہیں کہ یہ مسٹر بھوں بھوں کے پنجے کے نشان ہیں۔"

خرگوش نے بھی جھک کر غور سے دیکھا اور قہقہہ لگا کر بولا، "ارے بھیّا! یہ تو جنگلی بلّی کے قدموں کے نشان ہیں۔ عرصہ گزرا، اسے تمھارے بزرگوں نے گھر سے نکال دیا

تھا۔ اب تم اپنی ملازمہ سے بھی ڈر گئے ہو بھیّا؟ ہاہاہا!"

وہ چلتے چلتے وہاں پہنچ گئے جہاں جنگلی بلّی ایک درخت سے ٹیک لگائے کھڑی تھی۔ خرگوش نے کہا، "دیکھا، کیسی گستاخ ہے۔ اس نے تمہیں سلام تک نہیں کیا۔ تم اسے ٹھوکر لگاؤ، تاکہ اسے عقل آجائے۔"

لومڑ چلتے چلتے رک گیا۔ خرگوش نے پھر اس کا حوصلہ بڑھایا، "شاباش بھیّا! آگے بڑھ اسے کر ایسی چپت لگاؤ کہ اس کے ہوش ٹھکانے آجائیں۔"

بلّی اکڑ کر کھڑی ہو گئی اور لومڑ پر حملہ کرنے کی تیاری کرنے لگی۔ خرگوش نے پھر کہا، "گستاخ بلّی! تمہیں شرم نہیں آتی۔ ابھی بھیّا لومڑ تمھارے مزاج درست کر دے گا۔ ہاں شاباش بھیّا لومڑ! لگاؤ ایک چپت اِس کو۔"

لومڑ آگے بڑھا۔ اس نے بلّی کو ایک چپت مارا۔ جواب میں بلّی نے اسے ایسا پنجہ مارا کہ وہ لڑھکنی کھا کر دور جا گرا۔

خرگوش خوشی سے چیخ کر بولا، "شاباش لومڑ بھیّا! آگے بڑھ کر ایک ہاتھ دو اس بلّی کو۔ مزہ چکھادو اسے۔"

ایک دفعہ پھر لومڑ آگے بڑھا۔ اس دفعہ بلّی نے اچھل کر لومڑ کی ناک پر اپنے دانت گاڑ دیے۔ بڑی مشکل سے لومڑ نے اپنی جان چھڑائی اور جنگل کی طرف بھاگا۔

۷۔ غبارہ اور بطخ کا لباس

خرگوش تیز تیز قدم اٹھاتا ہوا چلا جا رہا تھا۔ اپنے گھر کے نزدیک پہنچ کر رک گیا اور غور سے زمین کو دیکھنے لگا، جس پر ریچھ اور بھیڑیے کے قدموں کے تازہ نشان بنے ہوئے تھے۔

وہ آہستہ سے بڑبڑایا، "تو یہ لوگ میرا انتظار کر رہے ہیں۔۔۔۔۔ ہاہا۔۔۔۔۔ خیر میں انہیں بھی دیکھ لوں گا۔"

وہ دبے پاؤں چلتا ہوا جھاڑیوں کے نزدیک پہنچا اور دُبک کر ان کی باتیں سننے لگا۔ ریچھ کہہ رہا تھا، "بہت دیر ہو گئی۔ پتہ نہیں کہاں مر گیا۔ اب تک تو اسے آ جانا چاہیے تھا۔"

خرگوش دل ہی دل میں ہنسا۔ بھیڑیے نے کہا، "آج رات کو بی بطخ کے ہاں نہ چلیں۔ اوہ خدایا! کتنی موٹی ہے وہ۔"

ریچھ بولا، "بالکل تر مال ہے۔ سنو! تم اسے اندر جا کر ختم کر دینا اور باہر پھینک دینا۔ پھر ہم دونوں اسے اٹھا کر لے جائیں گے۔"

خرگوش دل ہی دل میں پیچ و تاب کھانے لگا۔ اس نے بی بطخ کو بچانے کا ارادہ کر لیا۔

وہ آہستہ آہستہ سرک کر جھاڑیوں سے باہر نکلا اور پھر بھاگ کر مکان کے پیچھے گیا اور کھڑکی کے راستے اندر کود گیا۔ وہاں اس نے جلدی جلدی پانی گرم کیا اور کیتلی لے کر کھڑکی کے پاس پہنچا۔ ریچھ اور بھیڑیا ابھی تک نیچے بیٹھے ہوئے خرگوش کا انتظار کر

رہے تھے۔

خرگوش نے اِدھر سے کہا، "اے بھیّا ریچھ اور بھیڑیے خان!"

دونوں نے حیرانی سے اپنی تھوتھنیاں اوپر اٹھائیں۔ خرگوش نے پانی کی کیتلی الٹ دی۔ "لو گرم گرم چائے پیو۔"

بھیڑیے اور ریچھ کے منہ پر کھولتا ہوا پانی گرا۔ وہ چیختے چلّاتے بھاگے۔ خرگوش کو یقین تھا کہ دونوں رات کو ضرور بی بطخ کے ہاں جائیں گے۔ اس نے بازار سے ربڑ کی بنی ہوئی بطخ خریدی اور بی بطخ کے ہاں پہنچا۔ بی بطخ نے تپاک سے اس کا خیر مقدم کیا۔

خرگوش بولا، "بی بطخ! تمھارے لیے ایک بری خبر لے کر آیا ہوں۔ آج رات ریچھ اور بھیڑیا تمہیں پکڑنے کے لیے آ رہے ہیں۔"

بطخ پریشان ہو کر بولی، "قیں قیں قیں۔ ہائے اب میں کیا کروں؟ مسٹر بھوں بھوں بھی گئے ہوئے ہیں۔ ورنہ ان سے مدد مانگتی۔"

خرگوش نے دلاسہ دیا اور بولا، "گھبراؤ نہیں۔ میں سب انتظام خود کر لوں گا۔ بس آج رات تم گلشن بیگم کے ہاں چلی جاؤ۔"

بی بطخ نے پر پھڑپھڑائے اور بولی، "بھیّا! تمہارا شکریہ کیسے ادا کروں؟ میں آج ہی اپنا سامان باندھ کر رخصت ہوتی ہوں۔ یہ لوگ تو یہاں میرا جینا دشوار کر دیں گے۔"

خرگوش نے کہا، "بی بطخ! یہ بڑے لوگ ہمیشہ اس فکر میں لگے رہتے ہیں کہ کسی طرح چھوٹے جانوروں کو چٹ کر جائیں۔"

بی بطخ نے جلدی جلدی کچھ سامان لیا اور گلشن بیگم کے گھر چلی گئی۔ خرگوش نے اپنی جیب سے غبارہ نکال کر اس میں ہوا بھری اور اسے بطخ کا لباس پہنا کر کمرے میں کھڑا کر دیا۔ پھر ایک ڈوری اس کی کمر میں باندھی اور ڈوری کا دوسرا سرا ہاتھ میں لے کر پلنگ کے

نیچے چھُپ گیا۔

کچھ دیر بعد اس نے باہر کھسر پسر کی آواز سنی۔ پھر اس نے بھیڑیے کا سر بھی دیکھا، جو اندر جھانک رہا تھا۔ خرگوش نے ڈوری ہلائی اور نقلی بطخ کمرے میں گھومنے پھرنے لگی۔ خرگوش کو یہ منظر دیکھ کر اتنی ہنسی آئی کہ اسے اپنا پنجہ منہ میں دبانا پڑا۔

بھیڑیے نے کہا، "وہ کمرے میں چل پھر رہی ہے۔ اب وہ لیٹنے ہی والی ہے۔"

بھیڑیے نے ذرا سر نیچے کیا تھا۔ خرگوش نے جلدی سے نقلی بطخ کو پلنگ پر لٹا کر اس پر چادر ڈال دی۔

بھیڑیے نے پھر اندر جھانکا۔ بطخ کو سوتا دیکھ کر وہ چپکے سے اندر گھسا اور دبے پاؤں چلتا ہوا پلنگ کے نزدیک آیا۔ خرگوش نے جلدی سے ڈوری کھینچ کر بطخ کو پلنگ سے نیچے اتار لیا۔

بھیڑیے نے حیرانی سے کہا، "اچھا! تم مقابلہ کرنا چاہتی ہو بی بطخ؟ آ جاؤ۔"

اس نے غبارے کو ایک لکڑی سے چوٹ ماری۔ غبارہ اچھل کر الگ جا پڑا۔ بھیڑیا پھر آگے بڑھا۔ اس نے اس زور سے لکڑی ماری کہ غبارہ پھٹ گیا۔ ایک دھماکا ہوا اور کپڑے بھیڑیے پر گرے اور اس طرح وہ کپڑوں میں الجھ گیا۔ خرگوش جھٹ پلنگ سے باہر نکلا۔ وہ بھیڑیے کو لڑھکاتا ہوا کھڑکی تک لے گیا اور وہاں سے اُسے باہر دھکیل دیا۔

بھیڑیا دھم سے ریچھ پر گرا۔ وہ سمجھا بطخ گری ہے۔ وہ بھیڑیے کو اٹھا کر بھاگا۔

خرگوش نے کھڑکی سے جھانک کر دیکھا۔ بھیڑیا ریچھ کی کمر پر گٹھری کی طرح لدا ہوا باہر نکلنے کی کوشش کر رہا تھا اور ریچھ اسے مضبوطی سے پکڑے بھاگا جا رہا تھا۔

ریچھ نے بطخ کی جگہ بھیڑیے کو بندھا جکڑا دیکھا۔ وہ یقین نہ کر سکا۔ اس نے بھیڑیے کو زمین پر پٹخا اور اسے گھورنے لگا۔ "اِس کا کیا مطلب؟ بی بطخ کہاں ہے؟"

"ٹھائیں۔ ٹھائیں۔" بھیڑیے نے غبارے کی آواز نکالی، "کیا تم نے آواز نہیں سنی تھی؟"

ریچھ خوف سے کانپنے لگا۔ بولا، "کیا بطخ کے پاس بندوق بھی ہے؟ اگر ایسا ہے تو پھر وہ بڑی خطرناک ہے۔"

دونوں نے آئندہ بطخ کو ستانے سے توبہ کر لی۔ بی بطخ اب تک جنگل میں ہے اور ہر طرح سے محفوظ ہے۔ خرگوش جب بھی اس سے ملنے جاتا ہے۔ وہ بی بطخ کو لومڑ، بھیڑیے اور ریچھ کے قصّے سناتا ہے۔ خود ہنستا ہے اور بطخ کو بھی ہنساتا ہے۔

۸۔ خرگوش نے جھُولا جھُولا

خرگوش اپنے وعدے کا پکّا تھا۔ اس نے گلشن بیگم سے وعدہ کیا تھا کہ وہ اسے پھُکنی اور چمٹالا کر دے گا۔ یہ چیزیں میاں آدم جی کے ہاں مل سکتی تھیں۔ ایک دن وہ آدم جی کے گھر بھی پہنچ گیا۔

وہ باغیچے میں بیٹھا مکان کے اندر جانے کا متعلق سوچ رہا تھا کہ کسی نے اسے کانوں سے پکڑ کر اٹھالیا۔ خرگوش نے سر گھُما کر دیکھا۔ یہ میاں آدم جی تھے۔ آدم جی نے کہا، "آخر پکڑ ہی لیا تمہیں۔ میں حیران تھا کہ میری گاجریں کون کھا رہا ہے؟"

بے چارہ خرگوش منمنا کر رہ گیا۔ آدم جی نے اسے پنجرے میں بند کر دیا اور اپنی لڑکی سے کہا، "دیکھو! میں ذرا باہر جا رہا ہوں۔ تم اسے پنجرے سے ہرگز مت نکالنا۔"

آدم جی چلے گئے۔ خرگوش نے کہا، "تمہارا جھُولا کتنا اچھا ہے؟"

لڑکی بولی، "ہاں۔ یہ ابّا جی نے میرے لیے بنایا ہے۔"

خرگوش بولا، "سنا ہے جھُولا جھُولتے ہوئے بڑا مزہ آتا ہے۔ ذرا دیر کے لیے مجھے جھُلاؤ گی؟"

لڑکی بولی، "میں تمہیں باہر نہیں نکال سکتی۔"

خرگوش بولا، "میں بھاگوں گا نہیں۔ بس ذرا جھُولا جھُول کر واپس آجاؤں گا۔"

لڑکی نے کہا، "ہرگز نہیں۔ میرا ابّا جان سے وعدہ ہے۔ میں تمہیں باہر نہیں نکل سکتی۔"

خرگوش غصّے سے دانت پیس کر بولا، "آدم کی اولاد خود غرض ہوتی ہے۔ تم بھلا کیوں مجھے جھُولا جھُولنے دو گی؟"

اتنے میں آدم جی بھی واپس آ گئے۔ انہیں خرگوش کو پنجرے میں دیکھ کر بڑی خوشی محسوس ہوئی۔ لڑکی نے ضد کرنی شروع کی۔ "ابّا جان! آپ خرگوش کو جھُولا جھُولنے دیجیے نا۔ یہ کہتا ہے کہ میں نے کبھی جھُولا نہیں جھُولا ہے۔"

خرگوش نے منّت کرتے ہوئے کہا، "اچھے آدم جی! میری خواہش ضرور پوری کر دیجیے۔ میں بالکل نہیں بھاگوں گا۔"

آدم جی سوچ میں پڑ گئے۔

خرگوش نے پھر کہا، "آپ میری ٹانگوں سے چمٹا اور ہاتھوں سے پھُکنی باندھ دیجیے۔ اس طرح میں بالکل نہ بھاگ سکوں گا۔"

میاں آدم جی خوش ہو کر بولے، "ہاں ہاں۔۔۔۔۔ یہ بالکل ٹھیک ہے۔"

انہوں نے خرگوش کے ہاتھوں سے پھُکنی اور ٹانگوں سے چمٹا باندھ دیا اور اسے جھُولے پر بٹھا دیا۔

لڑکی جھُولا جھُلانے لگی۔ جھُولا آہستہ آہستہ اونچا ہوتا گیا۔ خرگوش ہر بار کہتا، "اور اونچا جھونٹا دیجیے۔ اور اونچا۔"

ہوتے ہوتے جھُولا فصیل تک پہنچ گیا۔ خرگوش نے کہا، "ذرا اور اونچا۔"

آدم جی نے ایک لمبا جھونٹا دیا۔ جھُولا فصیل سے بہت اونچا ہو گیا۔ خرگوش کے سامنے دور تک پھیلا ہوا میدان تھا۔ اس نے کوشش کر کے چھلانگ لگا دی۔ وہ جھاڑیوں میں گرا، جہاں اسے نے پھُرتی سے چمٹا اور پھُکنی اپنی ٹانگوں اور بازوؤں سے علیحدہ کیے اور دونوں چیزوں کو اٹھا کر بھاگا۔

۹۔ جادو کا چمٹا اور پھکنی

خرگوش بہت خوش تھا۔ آج اس نے آدم جی کو ہرا دیا تھا۔ وہ اچھلتا کودتا جنگل سے گزر رہا تھا کہ اچانک ایک جھاڑی کے پیچھے سے لومڑ نے جھپٹ کر اسے پکڑ لیا۔ خرگوش سہم کر بولا، "مجھے جانے دو، چھوڑ دو مجھے۔"

لیکن لومڑ نے اسے اور بھی مضبوطی سے پکڑ لیا اور اسے دو تین زور کے جھٹکے دیے۔ چمٹا اور پھکنی آپس میں ٹکرائے اور ایک زوردار جھنجھناتی ہوئی آواز پیدا ہوئی۔

چھن۔ چھنانن۔۔ نن نن نن۔۔۔۔۔

لومڑ نے چمٹے اور پھکنی کو کبھی نہ دیکھا تھا۔ وہ حیرانی سے بولا، "تم یہ کیا چیزیں لیے پھرتے ہو؟"

خرگوش نے کہا، "یہ جادو کی چیزیں ہیں۔ سمجھے؟"

لومڑ حیرانی سے بولا، "کس کام آتی ہیں یہ؟"

خرگوش نے دو تین دفعہ چمٹا بجایا اور بولا، "جو تم مانگو گے، وہ اس کے دونوں سروں میں آ پھنسے گا۔"

لومڑ نے پوچھا، "اور یہ دوسری چیز کس کام آتی ہے؟"

"وہ بھی بتاؤں گا۔ پہلے تم اس کا کمال دیکھ لیتے۔"

خرگوش چمٹا بجانے لگا۔ چھنانن نن۔۔ نن نن۔۔۔۔۔

لومڑ بے صبری سے بولا، "اچھا اس کا کمال دکھاؤ تو سہی۔"

خرگوش نے چمٹے کے دونوں سرے لومڑ کی ناک کی طرف کیے اور بولا، "آنکھیں بند کرلو۔ تم جو کچھ مانگو گے وہ اس میں آ پھنسے گا۔"

لومڑ نے خرگوش کو پکڑے رکھا اور پھر آنکھیں بند کر کے زور سے بولا، "بھُنی ہوئی مُرغی مل جائے تو مزہ آجائے۔"

اور اسے سچ مچ مزہ آگیا۔ اسے محسوس ہوا کہ جیسے کوئی اس کی ناک زور سے مروڑ رہا ہے۔

لومڑ کی آنکھیں کھُل گئیں اور ہاتھ سے خرگوش بھی چھُوٹ گیا۔ اس نے دیکھا کہ خرگوش پوری قوّت سے چمٹے کے ساتھ اس کی ناک مروڑ رہا ہے۔ لومڑ نے اپنی ناک چھڑانے کی کوشش کی۔ وہ اچھلا کودا، لیکن کامیاب نہ ہو سکا۔

خرگوش ہنس کر بولا، "چمٹے کا کمال تو تم دیکھ چکے ہو۔ اب یہ بھی دیکھو کہ پھُکنی کس کام آتی ہے۔"

یہ کہتے کہتے اس نے ٹھکا ٹھک دو تین دفعہ لومڑ کے اس زور سے پھُکنی ماری کہ وہ چیخنے لگا، "اوہو ہو! ہائے ہائے! مر گیا!"

خرگوش ہنس کر بولا، "نہیں ابھی نہیں مرے۔ تم خاموشی سے آگے آگے چلو، ورنہ سچ مچ تمہارا خاتمہ ہو جائے گا۔"

یہ کہہ کر اس نے لومڑ کے منہ پر ایک اور پھُکنی جما دی۔ اب لومڑ چیختا چلّاتا آگے آگے اور خرگوش اس کے پیچھے پیچھے چلنے لگا۔

ایک جگہ لومڑ زور سے اچھلا۔ اس کی ناک چمٹے کی گرفت سے آزاد ہو گئی۔ وہ تیزی سے خرگوش کو پکڑنے کے لیے لپکا۔ اس نے خرگوش کو پکڑ ہی لیا ہوتا اگر وہ لپک کر ایک درخت پر نہ چڑھ جاتا۔

"آجاؤ، اب نیچے آجاؤ، تمہارا کھیل ختم ہو چکا ہے۔" لومڑ نے کہا۔

خرگوش بولا، "میں نیچے نہیں آسکتا۔ تم ہی اوپر آجاؤ نا!"

اب لومڑ درخت پر تو چڑھ نہیں سکتا تھا۔ بس وہ نیچے بیٹھا دانت پیستا رہا۔ وہ بولا، "میں ابھی جاکر کلہاڑی لاتا ہوں۔ درخت کاٹ کر گرادوں گا، ساتھ ہی تم بھی نیچے آگرو گے۔"

لومڑ یہ کہہ کر چل دیا۔ خرگوش درخت پر چڑھ تو گیا تھا، لیکن نیچے اترنا اس کے لیے مشکل تھا۔ اچانک اسے ایک موٹی بھدّی آواز سنائی دی:

دلِ ناداں تجھے ہوا کیا ہے؟

آخر اس درد کی دوا کیا ہے؟

وہ سمجھ گیا کہ ریچھ بھیّا ہیں۔ ذرا اچھے موڈ میں ٹہلتے ہوئے آرہے ہیں۔ خرگوش کو ایک ترکیب سوجھی۔ وہ بے فکروں کی طرح ٹانگ پر ٹانگ رکھ کر بیٹھ گیا اور زور زور سے ہنسنے لگا۔ وہ اتنی زور سے ہنسا کہ درخت پر بیٹھے ہوئے پرندے ڈر گئے۔ ریچھ بھی ڈر کے مارے دُبک گیا، لیکن جب اس نے خرگوش کو دیکھا تو بگڑ کر بولا، "یہ کیا بدتمیزی ہے جی؟ کیوں ہنستے ہو دیوانوں کی طرح سے؟"

خرگوش نے ایک اور قہقہہ مارا، "ہاہا۔ ہو ہو ہی ہی۔ بھئی واہ کیا خوب تماشا ہے!!"

اس نے نیچے کی طرف دیکھا بھی نہیں۔ بس سامنے غور سے دیکھتا رہا اور ہنستا رہا۔

ریچھ بھی حیران ہوا، "ارے! کیا دیکھتے ہو؟ کیا کوئی تماشا ہو رہا ہے؟"

خرگوش نے پھر کوئی توجّہ نہ دی۔ بس غور سے سامنے دیکھتا رہا اور ہنستا رہا۔ اب بھیّا ریچھ نے بے صبری سے چلّا کر کہا، "کیا تم پاگل ہو گئے ہو؟ اس طرح کیوں ہنس رہے ہو؟"

خرگوش نے پہلی دفعہ ریچھ کو جھک کر دیکھا۔ سلام کیا اور بولا، "بھیّا ریچھ بس پوچھو نہیں کتنا مزیدار تماشا ہو رہا ہے۔ یہاں سے مجھے گلشن منزل صاف نظر آرہی ہے۔ گلشن بیگم اپنی لڑکیوں کو ناچنا سکھا رہی ہے۔ دیکھنا ہے تو اوپر آجاؤ۔"

"لیکن کیسے آؤں؟" ریچھ نے پوچھا۔

"ارے بھیّا رہے نہ گاؤدی آخر۔ جلدی سے جا کر سیڑھی لے آؤ۔"

ریچھ بھاگا ہوا اپنے گھر گیا۔ وہاں سے سیڑھی لے کر آیا۔

"مجھے تو یہاں سے کچھ نظر نہیں آتا۔" ریچھ سیڑھی پر چڑھ کر بولا۔

خرگوش نے دور سے آتے ہوئے لومڑ کو دیکھا اور بولا، "تم جلدی سے میری جگہ آجاؤ میں ذرا سیڑھی پر کھسک جاتا ہوں۔"

ریچھ خرگوش کی جگہ جا بیٹھا اور خرگوش تیزی کے ساتھ نیچے اترا۔ اس نے پھکنی اور چمٹا اٹھایا۔ سیڑھی کندھے پر رکھی اور تیزی سے بھاگا۔

ادھر لومڑ نے آتے ہی درخت کو کاٹنا شروع کر دیا۔ ریچھ نے گھبرا کر نیچے دیکھا اور چلّا کر کہا، "اے لومڑ بھیّا! یہ کیا کرتے ہو تم؟"

لومڑ نے جب ریچھ کی آواز سنی تو بڑا اسٹپٹایا۔ جب اس نے خرگوش کی جگہ ریچھ کو بیٹھے دیکھا تو اسے اپنی آنکھوں پر اعتبار نہیں آیا۔ لومڑ حیرانی سے چلّایا، "یہ کیا ماجرا ہے؟ یہاں تو خرگوش بیٹھا ہوا تھا۔ تم کہاں سے آمرے؟"

ریچھ بولا، "میں یہاں گلشن بیگم کی لڑکیوں کا ناچ دیکھنے اوپر چڑھا تھا، لیکن مجھے تو یہاں سے کچھ نظر نہیں آیا۔"

لومڑ اور حیرانی سے بولا، "لیکن تم اوپر چڑھے کیسے؟"

"سیڑھی سے چڑھا اور کیسے چڑھا؟"

ریچھ لومڑ کو پاگل سمجھنے لگا، لیکن اس کو پتا نہیں تھا کہ خرگوش سیڑھی بھی لے گیا ہے۔

"یہاں کوئی سیڑھی نہیں ہے۔" لومڑ بولا۔

ریچھ نے بھی نیچے نظر دوڑائی۔ سیڑھی سچ مچ غائب تھی۔ وہ حیرانی سے چلّایا، "ارے! ابھی تو یہاں تھی۔ یہ سب خرگوش کی شرارت ہے۔ وہ جاتا ہوا سیڑھی بھی لے گیا ہے۔"

لومڑ کے ذہن میں پوری بات آگئی۔ وہ غصّے سے چیخ کر بولا، "آج میں نے خرگوش پکڑ لیا تھا، لیکن تم نے اسے اپنی بے وقوفی سے بھاگنے کا موقع دے دیا۔"

ریچھ حیرانی سے بولا، "وہ یہاں بیٹھا گلشن بیگم کی لڑکیوں کا ناچ دیکھ رہا تھا، لیکن مجھے تو کچھ نظر نہیں آیا۔"

لومڑ اور زور سے چلّایا، "اور نہ تمہیں نظر آئے گا۔ خیر، تم دیکھتے رہو دن بھر۔ میں تو جا رہا ہوں۔"

لومڑ بڑبڑاتا ہوا چل دیا۔ ریچھ تمام دن دھوپ میں تپتا رہا۔ شام کو اس کی بیگم نے اسے اتارا۔

۱۰۔ لومڑ اپنے ہی گودام میں بند ہو گیا

لومڑ کے کھیت میں گاجر کی فصل بہت عمدہ ہوئی تھی۔ خرگوش یہ امید لگائے بیٹھا رہا کہ لومڑ کچھ حصّہ اسے بھی دے گا، لیکن لومڑ نے اسے پوچھا بھی نہیں!

ایک روز جب لومڑ گاجریں نکل رہا تھا، خرگوش اس کے کھیت میں پہنچا اور اس نے شکایت کے لہجے میں کہا، "تمھیں اپنے ہمسایوں کا تو خیال رکھنا چاہیے تھا۔ اتنی بہت سی گاجریں ہیں اور تم نے بھولے سے پوچھا تک نہیں!"

لومڑ غرّا کر بولا، "کان کھول کر سن لو کہ اس میں سے تمھیں ایک ٹکڑا تک نہیں ملے گا۔ میں آج ہی اِنہیں گودام میں بند کر کے تالا لگا رہا ہوں۔ ہاں اگر تم وہاں سے نکال لو تو میں تمھیں بالکل کچھ نہ کہوں گا۔"

خرگوش مُسکرا کر بولا، "سو بار شکریہ تمہارا۔ تالا کھولنا تو میرے بائیں ہاتھ کا کام ہے۔ آج شام کو میرا فن دیکھ لینا۔"

لومڑ حقارت سے بولا، "میرے بائیں ہاتھ کا کام ہے۔ ہاہا۔ دیکھوں گا کیسے تالا کھول سکتا ہے؟"

خرگوش بھاگا ہوا اپنے گھر گیا۔ وہاں سے اپنے بیوی بچوں کو لے کر لومڑ کے مکان کے پاس پہنچا اور ایک بڑا سا سوراخ بنانے میں لگ گیا۔ سوراخ سیدھا گودام میں نکلتا تھا۔

اس دوران میں لومڑ گاڑی بھر بھر کر گاجریں لاتا اور گودام میں رکھتا رہا، یہاں تک کہ گودام بھر گیا۔ پھر لومڑ نے باہر کا تالا لگایا۔ چابی اپنی اندر کی جیب میں حفاظت سے

رکھی اور اوپر کُرتی پہن کر بٹن لگا لیے۔ وہ بہت تھک گیا تھا اس لیے جوتے اتار کر پلنگ پر لیٹ گیا اور جلد ہی سو گیا۔

خرگوش کو سوراخ بناتے ہوئے زیادہ دیر نہیں لگی۔ جلد ہی وہ گودام میں پہنچ گیا، جو اوپر تک نرم اور خوش ذائقہ گاجروں سے بھرا پڑا تھا۔ اس نے دو تین گاجریں کھائیں جو اسے بہت مزیدار معلوم دیں۔ وہ ٹوکری بھر کر گاجریں اپنے گھر لے گیا۔ اس کے ساتھ اس کے بچے بھی ٹوکری بھر بھر کر گاجریں لے جاتے رہے، یہاں تک کہ تہہ خانہ خالی ہو گیا۔ جب خرگوش آخری ٹوکری بھر رہا تھا، بچوں میں سے کوئی ہنس دیا، جس سے لومڑ کی آنکھ کھل گئی۔ اس نے تہہ خانے میں کچھ شور سنا، پھر جلدی سے اپنی جیب کو ٹٹولا۔ چابی کو پاکر اطمینان ہوا۔ وہ حیرانی سے سوچنے لگا، "پھر یہ شور کیسا ہے؟"

اچانک اس کے ذہن میں خیال آیا کہ جب وہ گاجریں گودام میں بھر رہا تھا تب شاید خرگوش چُپکے سے وہاں گُھس گیا ہو۔ لومڑ دروازے تک آیا اور چلّا کر بولا، "بھیّا خرگوش! مجھے معلوم ہے کہ تم اندر ہو۔ کل صبح تک جی بھر کے گاجریں کھالو۔ پھر تمہاری خیر نہیں!"

خرگوش نے اپنے بچوں کو جانے کا اشارہ کیا اور گڑگڑا کر بولا، "رحم کرو بھیّا لومڑ! مجھ پر رحم کرو اور میری جان بخشی کر دو۔"

لومڑ مسّرت سے چیخ کر بولا، "ہاہاہا! رات بھر اپنے گناہوں پر آنسو بہالو بھیّا جی، کل تمھاری زندگی کا آخری دن ہے۔"

لومڑ دوبارہ اپنے بستر پر جا کر لیٹ گیا۔ خرگوش نے گودام اچھی طرح صاف کیا اور سوراخ کو بند کر دیا۔

اگلی صبح لومڑ گودام کا دروازہ کھول کر اندر گیا اور جلدی سے اندر سے دروازہ بند کر

کے تالا لگا دیا۔ جب اس نے غور سے دیکھا تو وہ حیران رہ گیا۔ تہہ خانہ خالی پڑا تھا۔ بالکل خالی!

لومڑ نے کئی بار اپنی آنکھیں مل کر دیکھا، لیکن اسے وہاں نہ خرگوش نظر آیا نہ گاجریں۔ وہ بہت مایوسی کے ساتھ واپس مڑا، لیکن اس عرصے میں خرگوش باہر کی کنڈی لگا چکا تھا اور اب بھیّا لومڑ قیدی بن گیا تھا۔

باہر سے خرگوش نے چیخ کر کہا، "بھیّا لومڑ! مجھے پتہ ہے کہ تم اندر ہو۔ کل صبح تک خیر منا لو اور جی بھر کے گاجریں کھا لو۔"

لومڑ نے کہا، "لیکن گاجریں یہاں کہاں رکھی ہیں؟ کوئی انہیں چُرا کر لے گیا ہے۔"

خرگوش نے کہا، "ہاں، میں لے گیا ہوں۔ تم ہی نے تو کہا تھا کہ اگر میں یہاں سے گاجریں نکال کر لے جاؤں تو وہ میری ہو جائیں گی۔"

لومڑ غصّے سے پاگل ہو گیا اور دروازے پر گھونسوں کی بارش کرتے ہوئے بولا، "کھولو۔ دروازہ کھولو۔ کیا تم چاہتے ہو کہ میں فاقے کرتے کرتے مر جاؤں؟"

خرگوش نے کہا، "اب پھر اپنے گناہوں پہ آنسو بہاتے رہو۔ میں چلتا ہوں۔ خدا حافظ!"

لومڑ بے چارہ اگلے روز تک تہہ خانے میں بند رہا۔ ریچھ اس کی مزاج پُرسی کو آ رہا تھا۔ اس نے لومڑ کے چیخنے کی آواز سنی۔ اس نے گودام کا دروازہ کھولا۔ لومڑ بھوکا پیاسا لڑکھڑاتا ہوا نکلا اور سیدھا خرگوش کے مکان کی طرف لپکا۔

۱۱۔ بھیڑیے اور لومڑ نے چائے پی

خرگوش اپنے باغ کا دروازہ ٹھیک کرنے میں لگا ہوا تھا۔ وہ ٹوٹے ہوئے حصّوں کو گرما گرم سریش لگا کر چُپکا رہا تھا کہ پیچھے سے لومڑ نے آ دبوچا۔

"ہاہاہا! پکڑ ہی لیا تمہیں!" لومڑ خوشی سے چلّایا۔

"بھیّا لومڑ! مجھے چھوڑ دو۔ دیکھتے نہیں میں کتنا مصروف ہوں؟"

"کچھ دیر بعد میں بھی تمہیں پکانے میں مصروف ہو جاؤں گا۔ سمجھے؟"

خرگوش نے بے چارگی سے کہا، "بھیّا لومڑ! اتنے کم ظرف نہ بنو۔ میں نے وعدہ کیا تھا کہ آج اس کام کو کر کے چھوڑوں گا۔ تم جانتے ہو میں اپنے وعدے کا کتنا پکّا ہوں۔"

لومڑ نے سریش کے برتن اور لکڑی کو دیکھ کر کہا، "یہ تم کیا کر رہے ہو؟"

خرگوش نے فوراً کہا، "بھیّا ذرا دروازہ جوڑ رہا ہوں۔ کام مشکل ہے اور تم تو اسے کر ہی نہیں سکتے۔"

"کیا کہا؟ میں نہیں کر سکتا؟" لومڑ نے پوچھا۔

خرگوش نے برش برتن میں ڈبو کر کہا، "بالکل نہیں بھیّا، اس کام کو کرنے کے لیے مہارت چاہیے۔ تم تو بالکل اناڑی ہو۔"

لومڑ جوش میں آ گیا۔ وہ سب باتیں بھُول بھال کر فوراً کام کرنے کے لیے تیار ہو گیا۔ "میں تمہیں دکھاؤں گا کہ میں تم سے بہتر کام کر سکتا ہوں۔"

خرگوش نے کہا، "جانے دو بھیّا، کام مشکل ہے۔ ذرا تم نے گڑبڑ کی اور سارا کام

چوپٹ ہوا۔ اس لیے مہربانی رکھو۔"

لومڑ نے جوش کے ساتھ برش برتن میں ڈبو دیا اور لکڑی پر سریش لگانے لگا۔ جب لومڑ برش لگا رہا تھا تو اس کی دُم دیوار سے رگڑ کھا رہی تھی۔ وہ بھی ایک برش کی طرح ہی تو تھی۔ خرگوش نے لومڑ کی دُم کو سریش میں ڈبو دیا۔

لومڑ چیخ کر بولا، "بدمعاش اندھا، دیکھتا نہیں کہ یہ میری دُم ہے!"

لومڑ نے اپنی دُم نکالی اور اسے دھوپ میں سوکھنے کے لیے پھیلا دیا۔ خرگوش نے آہستہ سے دُم اٹھا کر دروازے کے ساتھ لگا دی، جہاں وہ کچھ دیر بعد خشک ہو گئی۔

خرگوش یہ سب کنکھیوں سے دیکھتا رہا اور چُپکے چُپکے ہنستا رہا۔

وہ اٹھتے ہوئے بولا، "میں ذرا اور سریش لاتا ہوں۔"

خرگوش کے ساتھ لومڑ بھی اٹھا، کیوں کہ وہ اسے اپنی نظروں سے اوجھل نہ ہونے دینے چاہتا تھا، لیکن اس کی دُم دروازے سے چپک گئی تھی۔ اس نے پیچھے مڑ کر دیکھا اور اپنی دُم چھڑانے لگا۔ خرگوش کھڑا ہنستا رہا۔

لومڑ نے غصّے سے کہا، "کیوں ہنس رہے ہو بے وقوفوں کی طرح۔ اسے فوراً چھڑاؤ ورنہ۔"

خرگوش ہنس کر بولا، "ورنہ تم مجھ پر جھپٹ پڑو گے۔ میں اتنے بے وقوف نہیں بھیّا جی کہ تمہارا لقمہ بن جاؤں۔"

لومڑ پھر اپنی دُم چھڑانے کی کوشش کرنے لگا، لیکن وہ تو بری طرح چپکی ہوئی تھی کہ کوشش کے باوجود نہ چھُٹ سکی۔

خرگوش پھر ہنسا، "ہاں ایک ترکیب ہو سکتی ہے کہ تم اپنی دُم کاٹ دو۔ چاقو لاؤں بھیّا جی؟"

"بے وقوف نہ بنو۔" لومڑ بڑبڑایا۔

خرگوش پھر بولا، "دوسری ترکیب یہ ہے کہ تم اپنی دُم کے بال کاٹ ڈالو، قینچی دوں بھیّا جی؟"

لومڑ چیخ کر بولا، "بند کرو اپنی بکواس۔ تم چاہتے ہو کہ میں اپنی پیاری دُم تراش دوں؟ ہو نہہ۔"

"اچھی بات ہے خدا حافظ!" خرگوش اپنے مکان میں چلا گیا اور وہاں چائے کے لیے پانی گرم کرنے لگا۔

کچھ دیر بعد بھیڑیا وہاں آیا۔ اس نے دروازہ کھولا اور وہ لومڑ سے ٹکراتے ٹکراتے بچا۔ اس نے حیرانی سے پوچھا، "تم یہاں کیا کر رہے ہو؟"

لومڑ نے کہا، "میں چپک گیا ہوں۔"

بھیڑیے نے اور زیادہ حیران ہو کر پوچھا، "چُپک گئے؟ کیا مطلب ہے تمہارا؟"

لومڑ روہانسا ہو کر بولا، "کیا تم چپکنے کا مطلب نہیں سمجھتے؟ بھیّا جی! میری دُم دروازے سے چُپک گئی ہے۔ یہ سب اسی بدمعاش خرگوش کی کارستانی ہے اور اب وہ مجھے دُم تراشنے کا مشورہ دیتا ہے۔ ہو نہہ۔"

"یہ تو تمہیں کرنا ہی پڑے گا، ورنہ تم یونہی چُپکے رہو گے۔"

لومڑ نے غصّے سے کہا، "تو کیا میں اپنی پیاری دُم تراش دوں؟ تم پاگل تو نہیں ہو گئے ہو کیا؟"

بھیڑیا بولا، "اور اس کا کیا علاج ہو سکتا ہے؟ ہاں ٹھہرو، میں تمہیں یہ دروازہ اتار دیتا ہوں۔ تم اسے اٹھائے ہوئے اپنے گھر لے جاؤ۔ وہاں اپنی دُم کو گرم پانی میں ڈبوئے رکھو۔ سریش پگھل جائے گا اور تمھاری دُم چھوٹ جائے گی۔"

بھیڑیے نے دروازے کو خوب زور زور سے جھٹکے دیے۔ ہر جھٹکے کے ساتھ لومڑ کی چیخ نکل جاتی۔ بالآخر دروازہ نکل گیا۔

اسی وقت خرگوش نے کھڑکی سے جھانکا، "ارے بھیّا لومڑ۔ اے بھیّا بھیڑیے۔" دونوں نے اپنی تھوتھنیاں اوپر اٹھائیں۔

خرگوش گرم پانی کا برتن الٹتے ہوئے بولا، "لو چائے پیتے جاؤ۔ یارو تمھاری اور کیا خدمت کروں۔"

دونوں اپنا منہ پیٹتے ہوئے بھاگے۔ ان کے ناک منہ پر جگہ جگہ آبلے پڑ گئے تھے۔ ہاں جب لومڑ دروازہ اٹھائے ہوئے بازار سے گزرا تو سب بچے بوڑھے تالیاں بجاتے اس کے پیچھے ہو لیے اور اسے اس کے گھر تک چھوڑ کر آئے۔ وہاں لومڑ نے اپنی دُم بارہ گھنٹے گرم پانی میں ڈبوئے رکھی اور لومڑ صاحب کو اتنی ٹھنڈ محسوس ہوئی کہ اسے دُم کو ٹھنڈ لگ جانے کا خطرہ ہو گیا۔ اس نے دُم پر گرم کپڑا لپیٹ دیا۔ غصّے میں دروازے کے ٹکڑے ٹکڑے کر دیے اور جلا دیا۔

لیکن اگلی صبح اس نے دیکھا کہ اس کے باغ کا دروازہ غائب ہے۔ دروازہ خرگوش کے باغ میں دیکھ کر وہ بہت چیخا۔

۱۲۔ لپٹی کلپٹی ٹمبکٹو!

اتفاق سے خرگوش بازار سے مچھلی کے کباب، گاجر کا حلوہ اور شربتِ انناس خرید کر گھر واپس آ رہا تھا کہ جھاڑی کے پیچھے سے لومڑ نے جھپٹ کر اسے پکڑ لیا۔

"چلو اب میرے ساتھ۔ تمھارے دن پورے ہو چکے ہیں۔" لومڑ اسے کھینچتے ہوئے بولا۔

خرگوش نے کہا، "ارے نہیں یار! کیوں مذاق کرتے ہو مجھ سے۔ ابھی ابھی تو ایک نجومی نے بتایا ہے کہ میری عمر بہت دراز ہو گی۔"

لومڑ اسے کھینچتے ہوئے بولا، "دیکھ لیتے ہیں ابھی!"

پھر اس نے تھیلے کی طرف دیکھ کر کہا، "اس میں کیا ہے؟"

خرگوش نے مسکینی سے کہا، "بینگن کا بھرتا، مسور کی دال اور کونین مکسچر۔"

لومڑ نفرت سے بولا، "بالکل بے کار چیزیں ہیں۔ خیر، تم ہاتھ آ گئے یہ بھی غنیمت ہے۔"

لومڑ اسے کھینچتا ہوا بھیڑیے کے گھر لے گیا۔ دروازہ اندر سے بند کیا اور بھیڑیے کو آواز دی۔

بھیڑیا بھی خرگوش کو دیکھ کر بہت خوش ہوا اور بولا، "ہاتھ آ گیا بچو! خیر اب اس کے کباب بنائیں گے۔ بھیّا لومڑ! تم ابھی اسے الماری میں بند کر دو اور باہر سے تالا لگا دو، میں ابھی گھی گرم کرتا ہوں۔"

لومڑ نے خرگوش کو دھکّا دے کر الماری میں گرادیا اور پھر زور سے دروازہ بند کیا اور تالا لگا دیا۔ ادھر خرگوش الماری میں بیٹھا کانپنے لگا۔ وہ دل میں سوچتا رہا کہ لومڑ کے آنے سے پہلے کیسے بھاگ سکتا ہے؟ برتنوں میں چھُپنے کی جگہ نہ تھی۔ آخر ایک خیال اس کے ذہن میں آیا۔ اس نے تھیلے کی سب چیزیں باہر نکال لیں اور برتنوں میں مچھلی کے کباب، حلوہ اور شربت ڈال کر اوپر کے تختے پر رکھ دیا۔ ایسا کرتے ہوئے اس نے خوب برتن کھنکھنائے۔ لومڑ بولا، "اس کا کوئی فائدہ نہیں خرگوش بھیّا۔ بہت دن مزے کر چکے تم!"

خرگوش نے کہا، "میں غائب ہونے کا عمل بھی جانتا ہوں۔ اے لو، میں غائب ہوتا ہوں۔ لپٹی کلپٹی ٹمبکٹو۔ جلدی غائب ہو جاؤ۔"

خرگوش تھیلا کھول کر اس میں بیٹھ گیا اور اندر سے زپ لگالی۔

جب کڑھائی میں گھی گرم ہو چکا تو لومڑ نے آہستہ سے دروازہ کھولا، لیکن خرگوش کہیں نظر نہ پڑا۔ اس نے حیرانی سے کہا، "اے بھیڑیے خاں! خرگوش سچ مچ غائب ہو گیا ہے۔"

بھیڑیے نے بھی اچھی طرح ہر خانہ دیکھا، لیکن الماری میں کہیں خرگوش نظر نہیں پڑا۔ نیچے خانے میں تھیلا رکھا ہوا تھا۔ وہ اس نے غصّے میں آکر باہر پھینک دیا۔ جونہی موقع ملا، خرگوش نے تھیلے کی زپ کھولی اور اُچک کر باہر نکلا۔ پھر دوڑ کر دروازہ کھولا اور باہر نکل گیا۔

بھیڑیے نے غرّا کر کہا، "وہ دیکھو وہ جا رہا ہے۔ لپکو۔ پکڑو۔"

وہ دونوں تیزی سے باہر نکلے اور میدان میں دوڑتے چلے گئے۔ جونہی وہ خرگوش کی نظروں سے اوجھل ہوئے۔ وہ اندر گیا اور اپنی سب چیزیں سمیٹ کر تھیلے میں ڈال کر سیٹی بجاتا ہوا اپنے گھر کو روانہ ہو گیا۔

۱۳۔ چور ہمارے سموسے کھا گیا!

ایک دن بھیڑیا اور لومڑ ندی پر مچھلیاں پکڑنے جا رہے تھے۔ ان کے ساتھ دوپہر کا کھانا تھا اور گرما گرم سموسے جن کی خوشبو ہوا میں پھیلی ہوئی تھی۔ خرگوش، جو کُودتا پھاندتا جنگل سے گزر رہا تھا، خوشبو سونگھ کر ٹھہر گیا۔

"سموسے۔" خرگوش نے کہا، "قیمے کے سموسے۔ لیکن کون صبح ہی صبح سموسے لیے جا رہا ہے۔ شاید میرا کوئی دوست ہو۔"

وہ اچھلتا کُودتا سموسوں کی تلاش میں چلا اور جلد ہی بھیڑیے اور لومڑ کے سامنے جا پہنچا۔

"اخّاہ! لومڑ بھیّا اور بھیڑیے خاں ہیں۔ کیا حال ہے؟" خرگوش نے کہا اور وہ دونوں رک گئے اور خرگوش کو دیکھ کر بولے، "ٹھیک ہے اور تمہارا؟"

"کیا مزیدار سموسوں کی خوشبو آ رہی ہے۔" گوش نے ندیدے پن سے ہونٹ چاٹ کر کہا۔

لومڑ نے اخلاق سے پوچھا، "کھاؤ گے؟"

خرگوش کھانے کے لیے اتنا بے تاب تھا کہ وہ لومڑ کی آنکھوں میں مکّاری کی جھلک بھی نہ دیکھ سکا۔

وہ جلدی سے سموسے کے نزدیک گیا اور اسی لمحے بھیڑیے نے اس کو کوٹ سے پکڑ کر ہوا میں اٹھا لیا۔

لومڑ نے ایک قہقہہ لگا کر کہا، "پھنس ہی گیا آخر۔ سموسوں کے متعلق پوچھتا تھا۔ اب رات کو اس کے مزیدار سموسے بنائیں گے۔ کیا خوب۔ ہاہاہا!"

خرگوش کچھ گھبرا گیا، پھر اس نے بھیڑیے کی طرف دیکھ کر کہا، "میں نے تمہارا کیا بگاڑا ہے؟ چھوڑو مجھے۔ میرے کوٹ کا ستیاناس ہو گیا ہے۔"

بھیڑیے نے کہا، "ہمیں کوٹ سے کی مطلب؟ ہمیں تو تم سے غرض ہے۔"

لیکن بھیڑیے کو غلط فہمی تھی، کیوں کہ خرگوش نے اپنے ہاتھ نکال لیے تھے۔ وہ کوٹ چھوڑ کر تیزی سے جنگل کی طرف بھاگا۔

بھیڑیا اور لومڑ تیزی سے خرگوش کے پیچھے بھاگے، جو اب ندی کے نزدیک پہنچ گیا تھا۔ ندی کافی گہری تھی اور لبالب بہہ رہی تھی۔ خرگوش اسے تیر کر عبور نہیں کر سکتا تھا۔ اچانک اس کے ذہن میں ایک خیال آیا۔ جلدی سے اس نے ایک پتھر اٹھایا اور پانی میں دے مارا اور خود تیزی سے ایک درخت کے پیچھے چھُپ گیا۔

لومڑ نے چلّا کر کہا، "وہ ندی میں کُود پڑا ہے۔ میں نے اس کے کُودنے کی آواز سنی ہے۔"

وہ دونوں ندی کے نزدیک پہنچ کر رک گئے۔ کافی دیر انتظار کے بعد بھی جب خرگوش پانی سے نہ نکلا تو بھیڑیے نے کہا، "عجیب بات ہے۔ خرگوش ابھی تک باہر نہیں آیا؟"

لومڑ نے کہا، "کہیں ایسا نہ ہو کہ وہ گھاس میں الجھ گیا ہو۔"

بھیڑیے نے کہا، "چلو یہ روز کا قضیہ بھی ختم ہوا۔ میں تو اس کی چالاکیوں سے عاجز تھا۔"

انہوں نے اپنا سامان پیچھے رکھا اور ڈور ندی میں ڈال دی۔ اُدھر خرگوش دبے پاؤں

نیچے آیا اور لومڑ کا ایک سموسہ کھانے لگا، جو اسے بہت مزیدار معلوم ہوا۔ پھر اس نے بھیڑیے کا ایک سموسہ اٹھایا اور کھا گیا۔

بھیڑیا اور لومڑ مچھلیاں پکڑنے میں اتنے مشغول تھے کہ اُنہیں خرگوش کا کچھ پتہ ہی نہ چل سکا۔ اتنے میں بھیڑیے نے ایک مچھلی پکڑلی۔ وہ اتنا خوش ہوا کہ زور زور سے چلّانے لگا۔

"اب مجھے کھسک جانا چاہیے۔" خرگوش دونوں کا سامان سمیٹتے ہوئے سوچنے لگا اور وہ سب چیزیں لے کر دور ایک درخت کے پیچھے جا چھُپا اور مزے لے لے کر کھانے لگا۔

اتنے میں ایک مینڈک نے سر نکالا۔

بھیڑیے نے کہا، "معلوم ہے خرگوش ڈوب گیا ہے۔ وہ ندی میں کُودا اور تب سے اوپر نہیں آیا۔ میرا خیال ہے کہ وہ گھاس میں الجھ گیا ہے۔"

مینڈک نے ٹرّاتے ہوئے کہا، "اوہو! کتنی بری چیز ہے۔"

وہ تیرتا ہوا کچھوے کے پاس گیا۔ اسے بھی یہ سن کر بہت رنج ہوا۔ کیوں کہ وہ خرگوش کا گہرا دوست تھا۔

کچھوے نے پانی سے سر نکالا اور پوچھا، "بھیّا لومڑ! تم کہتے ہو کہ خرگوش ڈوب گیا ہے؟ آہ غریب خرگوش، وہ ہمارا کتنا گہرا دوست تھا۔ وہ کتنا دلچسپ تھا۔ اب نہ دن ویسے رہیں گے نہ راتیں۔"

لومڑ جل کر بولا، "ہاں، اب نہ دن ویسے رہیں گے نہ راتیں۔ اب ہم سکوں سے زندگی بسر کریں گے اور کوئی ہماری چیز نہ چُرائے گا۔"

بھیڑیے کو بھوک لگنے لگی۔ وہ بولا، "ناشتے کے متعلق کیا خیال ہے؟ مجھے بھوک لگ رہی ہے۔ آؤ کچھوے صاحب! بڑے مزیدار سموسے ہیں آج۔"

لیکن کچھوا خرگوش کو مزے اڑاتا دیکھ چکا تھا۔ وہ پانی میں جا کر ہنسنے لگا۔

"ارے ہمارے سموسے کہاں ہیں؟" بھیڑیے اور لومڑ نے ایک ساتھ کہا۔ وہ دونوں ایک دوسرے کو گھورنے لگے۔

"میرے سموسے تم نے کھائے ہیں۔ بھیڑیا غرّا کر بولا۔

"میں نے نہیں تم نے۔" لومڑ چلّایا۔

"نہیں تم نے۔ جب میں مچھلی پکڑ رہا تھا، تم نے ان پر ہاتھ صاف کر دیا۔ میں تمھاری چالاکیوں کو خوب جانتا ہوں۔" اور غصّے میں بھیڑیے نے لومڑ کو ایک پنجہ مارا۔

لومڑ چلّایا، "بکواس بند کرو۔ پہلے تم نے میرے سموسے کھائے۔ پھر مجھے مارنے بھی لگے۔"

بھیڑیے نے غرّاتے ہوئے کہا، "ہاں اب تم کہوگے کہ خرگوش کھا گیا ہے۔"

دونوں گتھّم گتھّا ہو گئے اور لڑتے لڑتے پانی میں جا گرے۔ پاس ہی کھڑے کچھوے نے یہ منظر دیکھ کر ایک قہقہہ لگایا اور تیرتا ہوا دور نکل گیا۔

وہ دونوں بھی تیرتے ہوئے کنارے پر آئے۔ سب سے پہلے ان کی نظر جس چیز پر پڑی وہ خرگوش تھا، جو ان کے آخری سموسے کو ہڑپ کر رہا تھا۔

لومڑ نے چلّا کر کہا، "پکڑو! یہ چور ہمارے سموسے کھا گیا ہے۔"

وہ دونوں دوڑے، لیکن خرگوش بچ کر نکل گیا۔

۱۴۔ بھیڑیے کا ناشتہ

بھیڑیا اور لومڑ دن بھر کے تھکے ہارے مچھلیاں پکڑ کر گھر لوٹے تو رستے میں انہیں ایک جھاڑی کے نیچے خرگوش سویا ہوا مل گیا۔ بھیڑیے کی نظر پہلے پڑی۔ اس نے سرگوشی کرتے ہوئے کہا، "تمھارے خیال میں وہ سو رہا ہے یا بہانہ بنا رہا ہے کہ ہم اس کے نزدیک آئیں اور وہ چھلانگ مار کر بھاگ نکلے۔"

لومڑ نے کہا، "یہ ہم ابھی دیکھ لیتے ہیں بھیّا بھیڑیے۔ تم دوسری طرف چلے جاؤ، پھر ہم دونوں جھپٹیں گے۔ بدمعاش بہت دن مزے کرتا رہا۔ اب ہاتھ آیا ہی سمجھو۔"

ایک طرف سے بھیڑیا اور دوسری طرف سے لومڑ جھپٹا۔ بھیڑیے نے خرگوش کو پکڑ لیا اور خوشی سے چلّا کر بولا، "ہاہاہا! آخر پکڑ لیا تمہیں۔"

خرگوش کی آنکھ کھل گئی، لیکن اب دیر ہو چکی تھی۔ وہ بہت ڈر گیا۔ اس نے گڑگڑا کر کہا، "خدا کے لیے مجھے چھوڑ دو۔۔۔۔۔ مجھے جانے دو۔"

لومڑ بولا، "کہاں جانے دیں؟ آج تمھارے کباب بنائے جائیں گے سمجھے۔"

بھیڑیا خوش ہو کر بولا، "آج دوپہر کو مچھلی پکائیں گے اور کل ناشتے میں خرگوش کے کباب بنائیں گے۔"

لومڑ ہونٹ کاٹ کر بولا، "واہ! کیا عمدہ خیال ہے، لیکن ہم اِسے گھر کیسے لے کر جائیں گے؟" ہمارے پاس پہلے ہی کافی سامان ہے۔"

بھیڑیا بولا، "ہم اِسے اپنے ساتھ نہیں لے جائیں گے، بلکہ ایسے یہیں کہیں رکھ

چھوڑیں گے۔"

بھیڑیا اور لومڑ اِدھر اُدھر نظر دوڑانے لگے۔ لومڑ نے اشارہ کرتے ہوئے کہا، "اس غار کے متعلق کیا خیال ہے؟"

خرگوش نے فوراً کہا، "ہاں ہاں، مجھے اس غار میں بند کر دو اور اس کے منہ پر بڑا سا پتھر رکھ دو، تاکہ میں نکل نہ جاؤں۔"

بھیڑیے نے کہا، "بس بس۔ ہمیں تمہاری رائے کی ضرورت نہیں اور نہ ہم اتنے بے وقوف ہیں کہ تمہیں اس گھر میں بند کر دیں۔ کیوں بھیّا لومڑ! وہاں سے یہ دو تین منٹ میں نہ نکل جائے گا؟"

"ٹھیک ہے۔" لومڑ اِدھر اُدھر بے وقوفوں کی طرح دیکھ کر بولا، "دیکھو اس درخت میں ایک سوراخ ہے۔ ہم اِسے اس میں بند کر دیتے ہیں!"

"خدا کے لیے مجھے جانے دو اور اس سوراخ میں بند نہ کرو۔"

خرگوش بے چارگی سے منمنانے لگا، لیکن کسی نے اس کی بات نہ سنی۔ وہ دونوں خرگوش کو کھینچتے ہوئے لے گئے اور سوراخ میں دھکیل کر اس پر بڑے بڑے پتھر رکھ دیے۔

بھیڑیا ہانپتے ہوئے بولا، "بھیّا! کل کے ناشتے کا بھی انتظام ہو گیا۔"

وہ دونوں چلے گئے، لیکن انہیں پتہ نہ تھا کہ گیدڑ نے انہیں پتھر رکھتے ہوئے دیکھ لیا ہے۔ گیدڑ درخت کے نزدیک آیا اور سونگھنے لگا۔ اسے کھانے کی خوشبو نہیں آئی۔ اندر خرگوش بیٹھا غمگین سا گیت گانے لگا۔ گیدڑ آواز پہچان کر بولا، "بھیّا خرگوش تم اندر کیا کر رہے ہو؟"

خرگوش خاموش ہو گیا۔ گیدڑ نے پھر کہا، "بھیڑیے نے کہا ہے کہ اس کا ناشتہ اندر

رکھا ہے، کیا تم اسے کھا رہے ہو؟"

خرگوش فوراً بولا، "ہاں ہاں۔۔۔۔۔ تم بھی آ جاؤ!"

گیدڑ کو بھوک لگ رہی تھی۔ وہ بے تابی سے بولا، "لیکن کیسے آؤں؟ مجھے تو کوئی راستہ نظر نہیں آتا۔"

خرگوش بولا، "میری طرح تم بھی پتھر اٹھاؤ اور اندر آ جاؤ۔"

گیدڑ نے زور مار کر پتھر اٹھائے۔ اسی لمحے خرگوش بجلی کی سی تیزی سے باہر نکلا۔ گیدڑ کو دھکّا دے کر الگ گرایا اور خود بھاگتا چلا گیا۔

"معاف کرنا بھیّا۔" خرگوش دور سے بولا، "مجھے ضروری کام سے جانا ہے۔ تم اندر جاؤ اور جو کچھ بچ رہا ہے کھالو۔"

گیدڑ نے اندر جا کر دیکھا، وہاں اسے کچھ بھی نظر نہ آیا۔ وہ ناراض ہو کر بولا، "کمینہ کہیں کا، سب کچھ خود کھا گیا۔ ابھی جا کر بھیڑیے سے شکایت کرتا ہوں۔"

اتنے میں بھیڑیا بھی خرگوش کو لینے کے لیے واپس آ گیا۔

گیدڑ نے کہا، "خرگوش تمہارا ناشتہ ہڑپ کر گیا ہے، جو تم نے درخت میں چھُپا کر رکھا تھا۔"

بھیڑیا رک گیا اور حیرانی سے گیدڑ کو دیکھ کر کہنے لگا، "تمہیں کیسے پتہ چلا؟"

گیدڑ بولا، "جونہی میں نے پتھر ہٹائے۔۔۔۔۔"

"کیا کہا،" بھیڑیا غرّا کر گیدڑ پر جھپٹا اور اس نے گیدڑ کی اتنی پٹائی کی کہ وہ غریب مرنے کے قریب ہو گیا۔

تب سے گیدڑ بھیڑیے سے دور رہتا ہے اور جب اسے وہ پٹائی یاد آتی ہے، وہ دور سے چلّانے لگتا ہے۔ ہاؤ، ہاؤ، ہو ہو۔

۱۵۔ ریچھ پانی میں غوطے کھانے لگا

ایک دن ریچھ نے بھیڑیے اور لومڑ کی دعوت کی اور اس میں خرگوش کو بھی بلایا۔

لومڑ نے کہا، "اگر تم خرگوش کو بلا رہے ہو تو کچھ مت پکاؤ۔ بس تین رکابیاں اور چھُری کانٹے لے آؤ اور ایک برتن میں پانی ابلنے کو رکھ دو۔"

بھیڑیے نے کہا، "اُسے یہ مت بتانا کہ ہم اُس کا انتظار کر رہے ہیں۔"

ریچھ خرگوش کے مکان پر گیا اور دروازے پر دستک دی اور بولا، "خرگوش بھیّا، خرگوش بھیّا!"

خرگوش اندر سے بولا، "کون ہے؟"

"میں ہوں ریچھ۔ تمھاری دعوت کرنے آیا ہوں۔"

"دعوت؟ کسی دعوت اور کس خوشی میں؟" خرگوش نے حیرانی سے پوچھا۔

"ارے! کل جنگل کے جانوروں میں صلح ہو گئی ہے۔ سوچا اس خوشی میں تمھاری دعوت کر ڈالوں۔" ریچھ نے باہر سے کہا۔

خرگوش کے منہ میں پانی بھر آیا۔ بے صبری سے بولا، "کیا پکا رہے ہو؟"

ریچھ نے کہا، "مٹر پلاؤ اور سموسے۔"

خرگوش ہونٹ چاٹتا ہوا بولا، "اچھا اچھا، ضرور آؤں گا۔"

ریچھ کے جانے کے بعد خرگوش نے غور کرنا شروع کیا۔ جتنا وہ سوچتا اتنا ہی اس کے دل میں شک بڑھ جاتا۔

وہ بڑبڑانے لگا، "ریچھ اور میری دعوت کرے؟ کتنی عجیب بات ہے۔ خیر میں جاؤں گا اور صحیح سالم واپس آؤں گا، چاہے ریچھ کچھ منصوبے بنائے۔"

خرگوش ریچھ کے مکان پر پہنچا۔ اس نے دیکھا کہ چمنی سے دھوئیں کا ایک بادل نکل رہا ہے۔

خرگوش نے کھڑکی سے جھانک کر دیکھا۔ ایک بڑے دیگچے میں پانی اُبل رہا تھا اور میز پر تین رکابیاں، چھُری کانٹے اور چمچے رکھے ہوئے تھے۔ خرگوش سمجھ گیا کہ ضرور دال میں کچھ کالا ہے۔ اس نے مکان کا دروازہ کھٹکھٹایا۔

ریچھ نے فوراً دروازہ کھول دیا اور بولا، "آجاؤ۔ کھانا تیار ہے۔"

لیکن خرگوش اندر نہیں گیا۔ باہر سے بولا، "بھیّا ریچھ! تم نے مچھلی کا شوربہ نہیں پکایا۔ میں مٹر پلاؤ شوربے کے ساتھ کھاتا ہوں۔"

ریچھ نے کہا، "تم ذرا کھا کر دیکھو کتنا مزیدار پلاؤ ہے۔"

خرگوش نے کہا، "میں شوربے کے بغیر پلاؤ نہیں کھاتا۔ مجھے معلوم ہوتا تو میں خود مچھلی پکڑ لاتا۔ پرانے کنویں میں بہت سی جھینگا مچھلی ہے۔"

ریچھ نے حیرانی سے کہا، "لیکن جھینگا مچھلی تو سمندر میں ہوتی ہے۔"

"ہاں ہاں۔" خرگوش نے جلدی سے کہا، "ضرور ہوتی ہوں گی، لیکن وہ ایسی نہیں جیسی میں نے دیکھی ہیں۔ اب جلدی سے جال لے آؤ۔"

ریچھ کو خرگوش کی بات بالکل پسند نہ آئی۔ وہ جال لے کر باہر آیا اور خرگوش کے ساتھ چلا۔ خرگوش نے کہا، "بھیّا ریچھ! پلاؤ کا لطف تو شوربے کے ساتھ ہے۔"

"خیر، اب شوربہ بھی بن جائے گا۔" ریچھ غرّا کر بولا۔

وہ دونوں کنویں پر پہنچے۔ ریچھ نے جھانک کر دیکھا۔ وہاں اسے کوئی مچھلی نظر نہ آئی۔

"یہاں تو کوئی مچھلی نظر نہیں آتی۔" ریچھ نے کہا۔

خرگوش نے فوراً کہا، "بھیّا! تمھاری بینائی کمزور ہے۔ وہ دیکھو ایک مچھلی ہے۔۔۔۔۔ یہ ایک اور۔۔۔۔۔ یہ ایک اور رہی۔"

ریچھ نے پھر غور سے دیکھا۔ خرگوش چلّا کر بولا، "ارے کتنی بہت سی مچھلیاں آئی ہیں۔ بھیّا جلدی سے جال ڈالو۔ پکڑو انہیں جلدی۔"

ریچھ نے فوراً اپنا جال پانی میں ڈال دیا۔ وہ پوری طرح نیچے نہ پہنچ سکا۔

ریچھ نے کہا، "بھیّا! میں اور جھکتا ہوں۔ تم میرے پاؤں پکڑ رکھو۔"

جونہی ریچھ اور جھکا، خرگوش نے اسے دھکّا دے دیا۔ ایک زور کا چھپاکا ہوا اور ریچھ پانی میں غوطے کھانے لگا۔

"اوبل۔ بل بل۔ بڑ۔" ریچھ کے منہ سے عجیب سی آواز نکلی۔

بھیّا! تم نے مجھے کیوں دھکّا دیا؟ یہاں کوئی مچھلی نہیں ہے۔ باہر نکالو مجھے۔"

خرگوش نے کہا، "اچھا بھیّا! تم نہاتے رہو۔ میں چلتا ہوں۔ خدا حافظ!"

وہ اچھلتا کُودتا ریچھ کے مکان پر پہنچا اور دروازے سے منہ لگا کر چلّایا، "ارے! کوئی ہے یہاں؟ بھیّا ریچھ نے بہت سی مچھلیاں پکڑلی ہیں اور وہ تمھاری مدد چاہتا ہے۔"

لومڑ اور بھیڑیا ریچھ کی امداد کرنے کنویں پر پہنچے، لیکن انہوں نے وہاں دیکھا کہ ریچھ خود پانی میں مچھلی کی طرح تیر رہا ہے۔

خرگوش نے پھر کہا، "اسے باہر نکال کر گرما گرم سموسے کھلانا اور مٹر پلاؤ بھی اور اسے کہنا کہ مچھلی کے شوربے کے بغیر پلاؤ مزہ نہیں دیتا۔"

اور جب انہوں نے ریچھ کو بھیگا اور سردی سے ٹھٹھرا ہوا باہر نکالا تو خرگوش کو اس کا حال دیکھ کر اتنی ہنسی آئی کہ وہ پیٹ پکڑ کر لوٹنے پوٹنے لگا۔

۱۶۔ خرگوش نے ریچھ کو گھڑی بھیجی

بے چارہ ریچھ کافی دنوں تک سخت بیمار رہا۔ اس نے ارادہ کر لیا کہ وہ خرگوش کو ضرور سزا دے گا۔ وہ جیسے ہی تندرست ہوا، اس نے خرگوش کا پیچھا کرنا شروع کیا۔ خرگوش باغ میں جاتا تو ریچھ وہاں ٹہل رہا ہوتا۔ وہ ندی میں نہانے جاتا تو ریچھ کسی درخت کے پیچھے گھات لگائے بیٹھا ہوتا۔ وہ جنگل میں جاتا تو ریچھ وہاں بھی موجود ہوتا۔ شروع شروع میں خرگوش اسے مذاق سمجھا۔ اس نے ریچھ کو اتنے چکّر دیے اور اتنا بھگایا دوڑایا کہ ریچھ تھک گیا، لیکن اس نے پیچھا نہیں چھوڑا۔ پھر تو خرگوش کافی پریشان ہوا اور ریچھ سے پیچھا چھڑانے کی ترکیبیں سوچنے لگا۔ آخر ایک بات اس کے ذہن میں آئی۔ وہ ایک گھڑی فروش کی دکان پر گیا اور بولا، "بھیّا! ایسی گھڑی دکھایئے جو خوب شور مچاتی ہو۔"

دکاندار ایک بڑی سی گھڑی لایا جو خوب شور مچاتی تھی اور اس کی آواز دور دور تک صاف سنائی دیتی تھی۔ خرگوش نے خوشی خوشی گھڑی خریدی اور ڈاک خانے جا کر بھیّا ریچھ کو پارسل بنا کر بھیجی اور اس میں ایک خط بھی رکھ دیا:

پیارے بھیّا ریچھ!

یہ معلوم ہو کر بہت خوشی ہوئی کہ تم خرگوش کا پیچھا کر رہے ہو۔

انعام کے طور پر یہ گھڑی قبول کر لو۔

موسیٰ بلّی

بھیّا ریچھ حیران بھی ہوا اور خوش بھی۔ وہ گھڑی کو بہت دیر تک بڑے غور سے

دیکھتا رہا۔ وہ بار بار گھڑی کی آواز سنتا اور خوش ہوتا۔ اس نے گھڑی جیب میں رکھ لی اور سوچنے لگا کہ خرگوش پکڑنے کے بعد موسیٰ بلّی کو ضرور دعوت دے گا۔

اُدھر خرگوش کی یہ ترکیب بڑی کامیاب رہی۔ اسے اب ریچھ کی طرف سے کوئی پریشانی نہیں رہی۔ وہ جہاں بھی "ٹک ٹک ٹک ٹک" کی آواز سنتا، فوراً سمجھ جاتا کہ یہاں بھیّا ریچھ چھُپے بیٹھے ہیں اور وہ زور سے چلّاتا، "بھیّا ریچھ کو دیکھ لیا ہے۔ ہی ہی ہرّے!"

اور ریچھ حیران رہ جاتا۔ یہ بات اس کی سمجھ میں نہ آئی کہ خرگوش اسے گھنے درختوں، غاروں اور پتھروں کے پیچھے کیسے دیکھ لیتا ہے۔ دو تین ہی ہفتوں میں ریچھ نے پیچھا کرنا چھوڑ دیا۔ لومڑ نے وجہ دریافت کی تو بولا، "خرگوش کی نظر عقاب سے بھی زیادہ تیز ہے۔ وہ درختوں کے پیچھے، چٹانوں کے اندر، دیواروں کے پیچھے سب جگہ دیکھ سکتا ہے۔"

"اچھا!" لومڑ نے حیرانی سے کہا، "آج میں بھی دیکھوں گا۔"

وہ دونوں ایک موٹی سی دیوار کے پیچھے چھُپ کر بیٹھ گئے۔ خرگوش اچھلتا کُودتا جب وہاں سے گزرا تو اس نے بھیّا ریچھ کی گھڑی کی آواز سنی "ٹک ٹک ٹک ٹک" اور جب اس نے لومڑ کے پنجوں کے نشانات دیکھ تو فوراً سمجھ گیا کہ آج لومڑ بھی بھیّا ریچھ کے ساتھ ہے۔

"خیر! آج میں دونوں کو مزہ چکھاتا ہوں۔" خرگوش بڑبڑاتا ہوا ندی پر گیا اور وہاں سے ایک بالٹی کیچڑ کی بھر کے لے آیا اور پھر دیوار پر سے چلّا کر بولا، "بھیّا ریچھ کو دیکھ لیا۔ ہی ہی ہرّے۔ بھیّا لومڑ کو دیکھ لیا۔ ہی ہی ہرّے!"

اور جونہی لومڑ اور ریچھ نے اپنی اپنی تھوتھنیاں اوپر اٹھا کر دیکھا۔ خرگوش نے اُن کے اوپر کیچڑ پھینک دیا۔ اُن دونوں کے سوٹ خراب ہو گئے اور اُن کی ناک، منہ، آنکھوں سب میں کیچڑ بھر گیا۔ اس سے پہلے وہ آنکھیں کھول سکتے خرگوش وہاں سے جا چکا تھا۔

۱۷۔ شیر کے دربار میں

جنگلی جانوروں کو بے وقوف بنا بنا کے خرگوش کچھ مغرور ہو چلا تھا اور خاص طور پر جب سے اس نے میاں آدم جی سے بازی جیتی تھی، تب سے اس کے قدم زمین پر نہ ٹکتے تھے۔ سب جانور اس سے سخت نالاں تھے۔

انہوں نے شیر سے خرگوش کی شکایت کی اور خوب نمک مرچ لگا کر اس کی شرارتیں بیان کیں۔ شیر کو بھی تعجب ہوا۔ اس نے خرگوش کی سوجھ بوجھ آزمانے کا فیصلہ کر لیا۔

اگلے روز جب شیر کا دربار لگا تو خرگوش کو کتّے کے برابر میں جگہ ملی۔ سب لوگ شیر کے سامنے اپنی اپنی ضروریات اور تکلیفیں بیان کر رہے تھے۔ دربار میں کافی شور تھا۔ جب بھی کوئی جانور کچھ کہتا، اسے پوری آواز سے چلّانا پڑتا۔

جب کتّے کی باری آئی، اس نے زور زور سے بھونکنا شروع کیا۔ خرگوش اس کے نوکیلے دانت دیکھ کر ڈر گیا۔ جب بھی کتّا زور سے بھونکتا، خرگوش ڈر کر اچھلتا اور پھر دُبک کر بیٹھ جاتا۔ ہوتے ہوتے سب جانوروں کی نظر خرگوش پر پڑی۔ وہ سب یہ تماشا دیکھ کر ہنسنے لگے۔

اب کتا یہ سمجھا کہ وہ اس پر ہنس رہے ہیں۔ وہ غصّے سے پاگل ہو گیا اور غرّانے لگا۔ جس سے خرگوش اتنا ڈرا کہ وہ اپنی جگہ سے لڑھک گیا اور کرسی کے نیچے دُبک کر بیٹھ گیا۔ دربار میں ایک ہنگامہ مچ گیا۔ لوگ ہنس رہے تھے۔ تالیاں بجا رہے تھے۔ آخر شیر

کو مداخلت کرنی پڑی۔ سب جانور خاموش ہوئے۔ خرگوش بھی باہر نکلا اور اس نے ایک زور دار تقریر کر ڈالی۔ اس نے تجویز پیش کی کہ کتّا دربار کے آداب سے واقف نہیں ہے، اس لیے اس کے ہونٹ سی دینے چاہئیں، تاکہ کوئی دربار میں ایسی گستاخی نہ کر سکے۔ سب جانور کتّے سے نفرت کرتے تھے، اس لیے سب نے تجویز پُرزور حمایت کی۔ شیر نے کہا، "اس تجویز کو کون پورا کرے گا؟"

لومڑ نے جھٹ سے کہا، "جو تجویز پیش کرتا ہے، وہی اسے پورا بھی کرے گا۔"

بے چارے خرگوش کا منہ حیرت سے کھلا کا کھلا رہ گیا۔ دراصل کتّے کے نوکیلے دانتوں سے وہ بہت ڈرتا تھا۔ وہ کچھ دیر تک سوچتا رہا۔ پھر بولا، "مجھے ایک سوئی دیجیے۔"

ریچھ نے فوراً کالر سے سوئی نکال کر خرگوش کو دے دی۔ خرگوش بولا، "مجھے دھاگا بھی دیجیے۔"

ریچھ نے اپنی پوستین سے ایک لمبا سا دھاگا نکالا اور خرگوش کو دے دیا۔ اب خرگوش بہت سٹپٹایا۔ اسے بچ نکلنے کا کوئی راستہ نظر نہیں آیا۔ کچھ دیر سوچتا رہا۔ اپنی ناک کھجائی اور سر پر ہاتھ پھیرا اور بولا، "ہاں، اب میں بالکل تیار ہوں۔ تم میں سے کوئی کتّے کے پنجے پکڑ لے۔ میں اس کا منہ سی دیتا ہوں۔"

شیر خرگوش کی چالاکی پر مسکرایا، لیکن کچھ نہیں بولا۔

خرگوش نے پھر کہا، "بھیّا ریچھ! آؤ تم میری مدد کرو۔"

ریچھ کے حواس گم ہو گئے۔ وہ کتّے سے بہت ڈرتا تھا۔

"میری بیوی سخت بیمار ہے۔ میں اس کی دوا لینے جا رہا ہوں۔" وہ چُپکے سے باہر کھسک گیا۔

"اوہ۔" خرگوش بولا، "ریچھ تو کتّے سے ڈر گیا۔ بھیّا بھیڑیے! تم کتّے کے ہاتھ

"پکڑو۔"

"میرے پاؤں میں صبح کا نٹا چبھ گیا تھا۔" بھیڑیا بھی دربار سے باہر نکل گیا۔

"بھیا لومڑ! تمہارا کیا خیال ہے؟"

لومڑ اٹھتے ہوئے بولا، "مجھے گھر پر ضروری کام ہے۔ میں ابھی جا رہا ہوں۔"

وہ باہر چلا گیا۔

خرگوش نے غصّے میں آ کر سوئی پھینک دی اور بولا، "جب کوئی میری مدد نہیں کرنا چاہتا تو میں کیوں کتّے کا منہ سیتا پھروں؟"

خرگوش غصّے سے پیر پٹختا ہوا دربار سے باہر نکلا اور اپنے گھر چلا گیا۔ اُسے ایک دن اچھا سبق مل گیا تھا، یعنی جو کوئی غرور کرتا ہے، کبھی نہ کبھی اسے شرمندگی اٹھانی پڑتی ہے۔ اس نے دل میں ٹھان لیا کہ چاہے کچھ بھی ہو، وہ شیر کو ضرور مزہ چکھائے گا۔ کیوں کہ بھرے دربار میں شیر نے اس کی بے عزتی کی ہے۔

۱۸۔ خرگوش نے شیر کو درخت سے باندھ دیا

ایک دن وہ جنگل میں اچھلتا کُودتا جارہا تھا کہ شیر سے اس کی ٹکّر ہو گئی۔ شیر نے گرج کر پوچھا، "کیا بات ہے، تم کہاں بھاگے جارہے ہو؟"

خرگوش بدحواسی سے بولا، "بھاگیے سرکار، بڑی زور کی آندھی آرہی ہے۔ درخت گر رہے ہیں اور جانور اُڑے جارہے ہیں۔"

شیر بولا، "میں اتنا بھاری ہوں کہ تیزی سے دوڑ نہیں سکتا۔"

خرگوش جھٹ بولا، "میں آپ کو درخت سے باندھ دیتا ہوں سرکار۔ پھر آپ بالکل نہیں اُڑ سکیں گے۔"

"اچھا، جلدی کرو۔" شیر نے بے صبری سے کہا۔

خرگوش نے جیب سے ڈوری نکالی اور شیر کو کس کر درخت سے باندھ دیا۔ پھر اس نے جیب سے شیشہ اور کنگھا نکالا، اپنے بال درست کیے اور گیت گنگنانے لگا۔ شیر کچھ دیر تو یوں ہی کھڑا رہا، پھر اس نے پوچھا، "تم یہاں کیوں کھڑے ہو، بھاگتے کیوں نہیں؟"

"میں یہاں آپ کی حفاظت کروں گا۔" خرگوش بولا۔

کافی دیر گزر گئی، شیر بولا، "ابھی تک تو کوئی آندھی نہیں آئی۔"

"میں بھی حیران ہوں۔" خرگوش بولا۔

"تو پھر مجھے کھول دو۔"

"یہ کام مجھ سے نہ ہو سکے گا۔" خرگوش بے فکری سے ٹانگ پر ٹانگ رکھ کر بیٹھ گیا۔

شیر غصّے سے دھاڑنے لگا۔ اس کی آواز سن کر جنگل کے سب جانور گھروں سے نکل آئے اور تماشا دیکھنے لگے۔

شیر نے حکم دیا، "بھیڑیے! تم آگے آؤ اور مجھے کھول دو۔"

خرگوش نے فوراً کہا، "اگر تم آگے آئے تو میں تمھیں بھی باندھ دوں گا۔"

بھیڑیا سہم کر پیچھے ہٹ گیا۔

شیر نے ریچھ کو حکم دیا، "تم آکر مجھے کھول دو۔"

خرگوش نے فوراً کہا، "شاباش آگے آجاؤ۔ ہاں ڈرو نہیں۔"

ریچھ بھی ڈر کر پیچھے ہٹ گیا۔ سب جانور سہمے ہوئے کھڑے دیکھتے رہے، لیکن کسی کو آگے آنے کی ہمّت نہیں ہوئی۔ جو غریبوں کو ستانے میں پیش پیش ہوتے ہیں، ان کے دل ذرا کمزور ہی ہوتے ہیں۔ اس لیے وہ مصیبت آنے پر نہ کسی کی مدد کرتے ہیں اور نہ کوئی اُن کی مدد کو آتا ہے۔

خرگوش نے کہا، "تم لوگوں نے دیکھ لیا کہ میں صرف چالاک ہی نہیں طاقتور بھی ہوں۔ اب تم اپنے اپنے گھروں کو لوٹ جاؤ۔ ورنہ تمھیں بھی شیر کے ساتھ باندھ دوں گا۔

سب جانور خاموشی سے لوٹ گئے۔ کچھوا رینگتا ہوا آگے آیا اور بولا، "یہ تم نے کس جرم کی سزا دی ہے شیر کو؟"

خرگوش اس کا ہاتھ تھام کر بولا، "بھرے دربار میں میری بے عزّتی کی تھی۔ آج اس کی سزا پا رہا ہے۔"

کمزور اور مظلوم ظالم کی غلطیوں کو کبھی معاف نہیں کرتے۔ موقع ملتے ہی وہ اپنا بدلہ ضرور اتارتے ہیں۔ اب شیر بندھا ہوا بے بس کھڑا تھا۔

خرگوش اور کچھوا جانے کے لیے مڑے۔ شیر پھر بولا، "مجھے کھول دو، ورنہ کچّا چبا جاؤں گا۔"

خرگوش جاتے ہوئے بولا، "کچھ دیر اور بندھے رہو، پھر تم کسی کو نہ کھا سکو گے۔" وہ اسے چھوڑ کر چل دیا۔ ظالم شیر وہاں کتنے ہی دن بندھا رہا اور اسی حالت میں مر گیا۔

۱۹۔ آہ! اس میں زہر تھا

ایک دن خرگوش کو گوشت کا بہت بڑا ٹکڑا راستے میں پڑا ہوا ملا۔ وہ سے لے جانے والا ہی تھا کہ کہیں سے بھیڑیا آ ٹپکا۔

اس نے خوش دلی سے پوچھا، "کیسے مزاج ہیں خرگوش بھیّا؟"

لیکن جونہی اس کی نظر گوشت پر پڑی، اس کا لہجہ بدل گیا، "واہ کتنا عمدہ گوشت ہے! یا تو سیدھے طریقے سے تم یہ مجھے دے دو ورنہ میں دیکھتا ہوں کہ تم اسے کیسے لے جا سکتے ہو۔"

یہ کہتے ہی وہ گوشت کے حصّے بخرے کرنے بیٹھ گیا۔ خرگوش بے چارہ دل ہی دل میں پیچ و تاب کھاتا رہا۔ اسے ایک ترکیب سوجھی۔ اس نے گوشت کے گِرد دو تین چکر لگائے۔ اسے زور زور سے کئی بار سونگھا اور بولا، "بھیّا بھیڑیے! کیا یہ گوشت تمہیں ٹھیک معلوم ہوتا ہے؟"

بھیڑیے نے کوئی جواب نہیں دیا۔

خرگوش نے گوشت کے گِرد ایک اور چکّر لگایا اور اسے پنجے سے چھو کر دیکھا۔ پھر ایک زوردار ٹھوکر لگا کر بولا، "بھیڑیے بھیّا! مجھے اِس سے سڑی ہوئی بُو آ رہی ہے۔ تمہیں یہ کیسا معلوم دیتا ہے؟"

بھیڑیے نے پھر کوئی جواب نہیں دیا۔

خرگوش نے کہا، "اچھا، تم مانو یا نہ مانو۔ میں سونگھنے میں غلطی نہیں کرتا۔ یہ زہریلا

گوشت ہے۔ اسے کھا کر تم بیمار ہو جاؤ گے۔"

خرگوش نے کچھ لکڑیاں اکھٹّی کیں اور آگ جلائی۔

بھیڑیے نے پوچھا، "تم یہ کیا کر رہے ہو؟"

خرگوش نے کہا، "بس دیکھتے جاؤ۔ میں ابھی دیکھتا ہوں کہ یہ گوشت کیسا ہے۔"

پھر اُس نے گوشت کا ایک ٹکڑا بھونا۔ پھر اُسے سونگھا اور چکھا۔ پھر سونگھا پھر چکھا، یہاں تک کہ وہ سارا ٹکڑا ہڑپ کر گیا۔

پھر وہ اٹھ کر ایک طرف چلا گیا، جیسے اسے کسی چیز کا انتظار ہو۔ بھیڑیا اسے غور سے دیکھتا رہا۔ اچانک خرگوش نے ایک چیخ ماری اور سینہ پکڑ کر لوٹنے پوٹنے لگا۔ اس نے چیخ کر کہا، "بھیّا بھیڑیے خاں، اس میں ۔۔۔۔۔ آہ! اوہ ۔۔۔۔۔ اس میں زہر تھا ۔۔۔۔۔ اب جلدی سے بھاگ کر ڈاکٹر کو بلا لاؤ ۔۔۔۔۔ بچاؤ ۔۔۔۔۔ آہ!"

بھیڑیا دوڑتا ہوا ڈاکٹر کے پاس پہنچا۔ جونہی وہ نظروں سے غائب ہوا۔ خرگوش جلدی سے اٹھ کر بیٹھ گیا اور سارا گوشت اٹھا کر اپنے گھر لے گیا۔

بھیڑیا جب واپس آیا تو اس نے دیکھا کہ وہاں نہ خرگوش ہے نہ گوشت۔

ہفتے بھر خرگوش کے مکان سے طرح طرح کی لذیذ خوش بوئیں آتی رہیں اور بھیڑیا دل ہی دل میں پیچ و تاب کھاتا رہا۔

ایک دن اسے راستے میں خرگوش مل گیا۔ بھیڑیے نے غصّے سے کہا، "اے خرگوش! تمھیں مجھے یوں دھوکہ دے کر شرم نہ آئی۔"

خرگوش نے آنکھیں مل مل کر کئی بار بھیڑیے کو دیکھا، پھر جوش کے ساتھ بولا، "اخّاہ! یہ تم ہو بھیڑیے بھیّا! بہت دنوں بعد نظر پڑے۔ عید کا چاند ہو گئے ہو۔ بھابھی اور بچے کیسے ہیں؟"

بھیڑیے نے کہا، "ان سب کو تمہارا انتظار ہے۔"

بھیڑیا خرگوش کو پکڑنے کے لیے دوڑا۔ ٹھیک اُس وقت جب بھیڑیا خرگوش کو پکڑنے ہی والا تھا، خرگوش لپک کر ایک کھوکلے تنے میں گھس گیا اور تیر کی طرح دوسری طرف سے نکل کر جنگل میں غائب ہو گیا۔ بھیڑیے نے خرگوش کو تنے سے نکلتے ہوئے نہیں دیکھا تھا اور نہ اسے پتہ تھا کہ دوسری طرف بھی سوراخ ہے۔

وہ جلدی سے گھاس پھونس اور لکڑیاں اکٹّھی کر کے لایا اور اسے آگ لگا دی۔ لکڑیاں جلیں اور اس کے ساتھ ہی کھوکھلا تنا بھی جل کر راکھ ہو گیا۔

۲۰۔ خرگوش قہقہے لگا رہا تھا

بھیڑیا خوش خوش گلشن بیگم کے گھر پہنچا، لیکن اس نے جیسے ہی اندر قدم رکھا اس کی آنکھیں حیرت سے کھلی کی کھلی رہ گئیں۔ خرگوش گلشن بیگم کے بچوں کے ساتھ بیٹھا ہوا قہقہے لگا رہا تھا۔ بھیڑیے کو اپنی آنکھوں پر یقین نہیں آیا۔ اس نے کئی بار آنکھیں مل مل کر دیکھا کہ کہیں وہ خواب تو نہیں دیکھ رہا، لیکن نہیں، خرگوش زندہ تھا۔ خرگوش بھیڑیے کو دیکھ کر اس کے قریب آیا اور بولا، "بھیڑیے بھیّا! تم نے جو سلوک مجھ سے کیا ہے، اس کا بہت بہت شکریہ! تم نے دوستی کا حق خوب نبھایا ہے۔"

بھیڑیا حیرانی سے خرگوش کو دیکھنے لگا۔ خرگوش نے پھر کہا، "تم نے مجھے جلا کر بہت مہربانی کی۔ اگر اب بھی موقع ملے تو مجھے ضرور جلانا۔"

بھیڑیے نے حیران ہو کر پوچھا، "وہ کیوں؟"

خرگوش ہنسا، "میں تمہیں ضرور بتاتا، لیکن تم دوسروں کو بتاتے پھر و گے۔"

بھیڑیے نے بے صبری سے کہا، "نہ نہ بھیّا! یقین کرو میں کسی کو نہیں بتاؤں گا۔ اپنی بوڑھی بیگم کو بھی نہیں۔"

خرگوش بھیڑیے کے اور نزدیک کھسک آیا اور اس کے کان میں سرگوشی کرتے ہوئے بولا، "جب درخت جلتا ہے تو اس کے اندر کا گوند پگھل جاتا ہے۔ اگر کوئی ذرا سا گوند کھا لے تو اس پر آگ اثر نہیں کرتی۔"

بھیڑیا بہت حیران ہوا۔ اسے یقین ہو گیا کہ خرگوش صحیح کہتا ہے۔ اس نے خرگوش

سے درخواست کی، "بھیّا جی! مجھے بھی کسی کھوکھلے تنے کا پتہ بتاؤ۔"

خرگوش نے فوراً کہا، "ہاں ہاں، ابھی چلو۔"

خرگوش اسے لے کر ایک تنے کے پاس پہنچا۔ اسے معلوم تھا کہ یہ تنا دوسری طرف سے بند ہے۔ بھیڑیا پھنس پھنسا کر درخت میں بیٹھ گیا۔ خرگوش نے درخت کو پتّوں سے ڈھانپ دیا اور سوراخ کا منہ اچھی طرح پتھروں سے بھر دیا۔ تا کہ بھیڑیا باہر نہ نکل سکے۔ پھر اس نے پتّوں کو آگ لگا دی۔

جلد ہی بھیڑیا چلّانے لگا، "اوہ بھیّا! بڑی گرمی لگ رہی ہے۔ اوہ! ابھی تک گوند بھی نہیں نکلا۔

خرگوش درخت پر اور پتّے ڈال کر بولا، "جلدی نہ کرو۔ گوند اب نکلنے ہی والا ہے۔"

درخت جلنے لگا۔ بھیڑیے کا دم گھٹنے لگا۔ وہ پھر چیخا، "یہاں بہت گرمی ہو گئی ہے بھیّا! ابھی تک گوند بھی نہیں نکلا۔"

خرگوش نے اور پتّے درخت پر ڈال دیے اور بولا، "صبر کرو، اب نکلنے ہی والا ہے۔"

بھیڑیا جلنے لگا۔ وہ تکلیف سے چلّانے لگا، "بچاؤ۔ بچاؤ مجھے۔ میرا دم گھٹ رہا ہے۔ میں مرا۔ اوہ! ہو ہو ہو۔"

خرگوش نے ایک قہقہہ لگایا اور چلّایا، "ہاں، یہی تمہارا انجام ہے۔ گونڈ نکل رہا ہے نا؟"

لیکن اس وقت تک بھیڑیے کا دم نکل چکا تھا۔ وہ آگ میں جل کر کباب ہو چکا تھا۔

۲۱۔ ریچھ کو بھی غار میں دھکیل کر بند کر دیا

ایک دن ہوا تیز چل رہی تھی۔ جانے خرگوش کو کیا سوجھی کہ اس نے اپنا کوٹ اتار کر اسے ہاتھوں میں پکڑ لیا۔ بادبان کی طرح اس میں ہوا بھر گئی اور بھیّا خرگوش کو غبارے کی طرح اڑا لے گئی۔ اسے بڑا مزا آ رہا تھا۔ وہ اڑتا ہوا کبھی ایک جگہ جاتا، کبھی دوسری جگہ۔ اچانک اس کی ٹکّر ریچھ سے ہو گئی۔ ریچھ دھم سے زمین پر گر پڑا۔ چاروں خانے چِت۔

خرگوش سہم سا گیا۔ ریچھ نے اسے مضبوطی سے پکڑ لیا اور جھنجھوڑ کر بولا، "کیوں بھاگے جا رہے ہو۔ آخر کیا مصیبت آ پڑی ہے؟"

خرگوش کانپتے ہوئے بولا، "بھاگیے بھیّا جی! میاں آدم شکاری کتّوں کے ساتھ چلے آ رہے ہیں۔"

"ہائے اب کیا کریں؟" گھبراہٹ کے مارے ریچھ کے ہاتھ پاؤں پھولنے لگے۔ "بھاگیے تیزی سے۔ نہیں تو جان کی خیر نہیں بھیّا!"

خرگوش بھاگا، ریچھ اس کے پیچھے پیچھے بھاگا۔ کچھ دور چل کر اس کی ہمّت جواب دے گئی۔ وہ زمین پر بیٹھے ہوئے بولا، "مجھ سے تو بھاگا بھی نہیں جا رہا ہے۔ اب کتّے میری بوٹیاں نوچ لیں گے۔"

اور ریچھ تو سچ مچ رونے لگا۔ خرگوش نے اِدھر اُدھر دیکھ کر کہا، "اس غار میں چھپ جائیے بھیّا جی! میں اس کے منہ پر بھاری سا پتھر رکھ دوں گا۔ پھر آپ بالکل محفوظ ہو

جائیں گے۔"

ریچھ آہستہ آہستہ غار تک پہنچا۔ اس کا دہانہ بہت تنگ تھا، اس لیے اسے پچک کر اندر جانا پڑا۔ خرگوش نے پتھر سے غار کا منہ بند کر دیا اور بولا، "اب مزے کرو میں چلتا ہوں۔"

ریچھ نے تنگ غار میں اِدھر اُدھر ہاتھ پاؤں مار کر کہا، "یہاں مزے کہاں بھیّا؟ مجھے تو سخت تکلیف محسوس ہو رہی ہے۔"

ریچھ سے نمٹ کر وہ جانے ہی والا تھا کہ لومڑ کو دیکھ کر اس کے ہوش و حواس اُڑ گئے۔ لومڑ اس پر حملہ کرنے ہی والا تھا۔ خرگوش نے ڈپٹ کر کہا، "خبردار! جو ہاتھ لگایا مجھے۔ دیکھتے نہیں۔ میں نے ابھی ریچھ کو غار میں بند کیا ہے۔"

لومڑ خرگوش سے مرعوب ہو کر پیچھے ہٹا۔ خرگوش پھر بولا، پوچھ لو ریچھ سے۔ کیوں بھیّا میں نے ہی تمھیں بند کیا ہے نا؟"

اندر سے ریچھ کی آواز آئی، "ہاں، سچ کہتے ہو، لیکن اندر بہت گرمی ہے بھیّا!"

خرگوش نے لومڑ سے کہا، "اب جان کی خیر چاہتے ہو تو بھاگ جاؤ جلدی سے، ورنہ تمھیں بھی ریچھ کے ساتھ بند کر دوں گا۔"

لومڑ سچ مچ ڈر گیا۔ وہ پیچھے مڑا ہی تھا کہ خرگوش چیخ کر بولا، "بھاگ جاؤ جلدی سے ورنہ تمھاری خیر نہیں۔"

اور لومڑ سچ مچ بھاگ گیا۔

اندر سے ریچھ نے کہا، "ابھی تک کوئی کتّا اِدھر نہیں آیا۔"

خرگوش بولا، "اور نہ کوئی اِدھر آئے گا۔"

"کیوں بھیّا؟" ریچھ نے حیرانی سے پوچھا۔

"یوں ہی بس!" خرگوش رکھائی سے بولا۔

"تو پھر مجھے باہر نکالو۔"

"نہیں۔۔۔۔۔ میں نہیں نکالوں گا۔"

"کیوں۔" ریچھ نے پوچھا۔

خرگوش غصّے سے بولا، "اس لیے کہ یہاں تمہارا مزار بنے گا بھیّا جی۔ سمجھ گئے نا؟"

اور ریچھ کے سمجھ میں سب کچھ آگیا۔ اس نے بہت زور مارا، لیکن وہ تو اندر پھنسا ہوا کھڑا تھا۔

خرگوش اسے یونہی چھوڑ کر چلا گیا۔ کئی روز کے فاقے کے بعد ریچھ اسی غار میں مر گیا۔

۲۲۔ تڑ تڑ تڑ تڑ، کوئی سر پر تو کوئی منہ پر

خرگوش نے اپنے دشمنوں سے نجات پالی تھی، لیکن تیسرا سب سے چالاک اور ہوشیار دشمن ابھی زندہ تھا اور اس کے لیے کسی بھی وقت خطرے کا باعث بن سکتا تھا۔ اُدھر شیر، بھیڑیے اور ریچھ کی موت کے بعد لومڑ بھی چوکنا ہو گیا تھا۔ اس نے جان لیا تھا کہ خرگوش اگرچہ قد میں بہت چھوٹا ہے، لیکن عقل میں کم نہیں۔ عقلمند دشمن کا وار گہرا بھی ہوتا ہے اور خطرناک بھی، چنانچہ لومڑ نے فوراً ایک چال چلی۔ وہ خرگوش کے مکان پر گیا اور دروازہ کھٹکھٹانے لگا۔

" بھیّا خرگوش' اے بھیّا جی! اس نے دروازے سے منہ لگا کر کہا۔

"ہاں ہاں۔" خرگوش اندر سے بولا، "ابھی حاضر ہوا۔"

خرگوش دروازے کے پاس پہنچا اور زور سے بولا، "کیا بات ہے؟ کیسے تشریف لائے؟"

لومڑ نے کہا، " بھیّا مجھے معاف کر دیجیے گا، آج تک بڑا دل دُکھایا ہے آپ کا۔ آج تو دوستی کا پیغام لے کر آیا ہوں۔"

"ارے تو میں نے تمہیں دشمن کب سمجھا ہے؟" خرگوش چالاکی سے مُسکرایا۔

وہ جانتا تھا کہ یہ سب بہانہ ہے۔ جیسے ہی دروازہ کھلے گا لومڑ اس پر جھپٹ پڑے گا۔ دھوکے بازوں کی نہ قسم کا کوئی اعتبار نہ دوستی کا۔

"تو پھر کل صبح ہمارے ساتھ سیر کو چلیے۔ نہر کے کنارے شلجموں کا بہت بڑا کھیت

ہے۔ سیر بھی ہو جائے گی اور کھانے کا انتظام بھی۔"

"اچھا اچھا۔ کل سورج نکلنے سے پہلے تمہیں کھیت میں ملوں گا۔" خرگوش مڑ کر اندر چلا گیا۔

اس نے سوچ لیا کہ جھوٹے کی قلعی تو کھولنی چاہیے، لیکن کیا ترکیب کی جائے کہ لومڑ کا بھرم بھی کھل جائے اور اس کی جان بھی بچی رہے۔ وہ سوچتا رہا۔ آخر ایک ترکیب اس کے ذہن میں آ ہی گئی۔ اس نے ایک خرگوش کی شکل کا غبارہ لیا اور اس کو اپنے کپڑے پہنا کر اگلے دن ندی کے کنارے شلجم کے کھیت میں رکھ دیا۔ بہت سے شلجم اکھاڑ کر نقلی خرگوش کے قریب جمع کر دیے اور خود ایک جھاڑی میں چھپ کر تماشا دیکھنے لگا۔

کچھ دیر بعد لومڑ بھی آ پہنچا۔ اس نے نقلی خرگوش کو دیکھ کر آواز دی، "ہیلو! کیا حال ہیں بھیّا؟"

نقلی خرگوش خاموش کھڑا رہا۔ لومڑ اندھیرے میں نقلی اصلی کی تمیز تو نہیں کر سکتا تھا۔ وہ اپنی جگہ سے اُچھلا اور خرگوش پر کود پڑا۔

"ہاہا۔" لومڑ قہقہہ لگا کر بولا، "بڑے عقلمند بنے پھرتے تھے۔ آج ہی کچّا چبا جاؤں گا۔"

خرگوش نے کچھ نہیں کہا۔ جیسے ہی لومڑ نے ربڑ میں دانت مارے۔ ایک زور کا دھماکہ ہوا۔ لومڑ اچھل کر ندی میں جا گرا۔ اُدھر خرگوش نے قہقہہ لگایا، "ہاہاہا۔ بھیّا صبح سویرے نہانے سے زکام ہو جائے گا۔"

لومڑ تیرتا ہوا کنارے کی طرف آیا، لیکن خرگوش کب غافل تھا۔ اس نے تڑ سے ایک شلجم لومڑ کی ناک پر دے مارا اور پھر تو جیسے بارش برسنے لگی۔ تڑاتڑ تڑاتڑ۔ کوئی سر پر گرا تو کوئی منہ پر، کوئی پیٹھ پر تو کوئی گردن پر۔

ایک دم اتنے بہت سے شلجم لومڑ کو لگے کہ اس کا منہ پھرنے لگا۔ وہ بد حواسی میں دوسرے کنارے کی طرف تیرنے لگا۔ بھنور میں پھنسا، ڈبکیاں کھائیں۔ ڈوبنے سے بچ رہا، لیکن پھر بھی اتنا بہت سا پانی پی گیا کہ گھنٹوں کنارے پر پیٹ دبا دبا کر قے کرتا رہا۔

خرگوش نے بہت سے شلجم اکھاڑے اور تھیلے میں بھر کر گھر لے گیا۔ وہاں اس نے شلجموں کا اچار بنایا، مربّہ پکایا اور شوربہ بنایا۔

شام کے وقت لومڑ پھر پہنچا اور آواز دی، "بھیّا خرگوش۔ اے بھیّا جی!"

خرگوش نے دروازے پر پہنچ کر کہا، "معاف کرنا بھیّا جی! میں نے آج آپ سے بڑی گستاخی کی۔"

لومڑ مکّاری سے مُسکرا کر بولا، "ارے! کوئی بات نہیں۔ ایسا مذاق ہوتا ہی رہتا ہے۔ کل صبح آ رہے ہو نا۔ بابو کے باغ میں سیب توڑنے کے لیے۔ صبح ہی صبح پہنچ جانا۔ سیر بھی ہو جائے گی اور۔۔۔۔"

"اچھا اچھا۔" خرگوش بات کاٹ کر بولا، "کل صبح سویرے پہنچ رہا ہوں۔"

اگلے دن صبح سویرے اس نے اپنے بچوں کو ساتھ لیا اور بابو کے باغ میں پہنچ گیا۔ وہ ابھی سیب توڑ ہی رہا تھا کہ لومڑ پہنچ گیا۔ بچے تو پتّوں میں چھُپ گئے، خرگوش ٹہنی پر بیٹھا رہا۔

"نیچے آؤ نا۔ وہاں بیٹھے کیا کر رہے ہو؟" لومڑ بولا، "مجھ سے اوپر نہیں چڑھا جاتا۔"

خرگوش نے جواب دیا، "مجھ سے نیچے نہیں اترا جاتا۔"

لومڑ درخت کے نیچے دھرنا مار کر بیٹھ گیا اور بولا، "کبھی تو اترو گے۔"

اچانک ایک موٹا سا سیب لومڑ کی کھوپڑی پر گرا۔ بے چارے کو دن میں تارے نظر آ گئے۔ اُدھر نظر کی تو ایک ناک پر پڑا۔ ناک پہلے ہی پچکی ہوئی تھی۔ اب اور پچک گئی۔

پھر تو بارش سی ہونے لگی۔ لومڑ آگے آگے، خرگوش اور اس کے بچے پیچھے پیچھے۔ اسے کھیتوں کے پار پہنچا کر ہی دم لیا۔ تب انہوں نے سارے سیب اکھٹّے کیے، تھیلے میں بھرے اور گھر لے گئے۔ اس شام سیب کا حلوہ پکا، مربّہ بنا اور چٹنی بنی۔

اُدھر لومڑ بھی آیا۔ اس کی ناک بھی چٹنی بنی ہوئی تھی۔ دروازے پر منہ رکھ کر بولا، "ارے بھیّا خرگوش! اے بھیّا جی!"

کھڑکی سے جھانک کر خرگوش نے دیکھا۔ لومڑ کا حلیہ دیکھ کر اسے بڑی ہنسی آئی۔ بڑی مشکل سے ضبط کر کے بولا، "کیسے مزاج ہیں؟"

لومڑ بولا، "تمھارے مذاق نے حلیہ بگاڑ دیا۔ سخت نامعقول ہو تم اور تمہارے بچے!"

خرگوش عاجزی سے بولا، "معاف کر دینا بھیّا جی۔ اب ایسی گستاخی نہیں کروں گا۔"

لومڑ مکّاری سے مسکرایا، "دوستی میں ایسا مذاق تو ہوتا ہی رہتا ہے۔ کل صبح پہاڑی کے اوپر میلہ لگ رہا ہے۔ چلو گے نا؟"

"ضرور ضرور۔" خرگوش نے سر ہلا کر کہا۔

"تو پھر صبح پہنچ جانا۔"

لومڑ جانے کے لیے اٹھا ہی تھا کہ خرگوش بولا، "حلوہ پکا ہے۔ کھا کے جانا۔"

حلوے کا نام سن کر لومڑ کی رال ٹپکنے لگی۔ وہ تھوتھنی اٹھا کر اوپر دیکھنے لگا اور اچانک پہلے اوپر سے گرما گرم راکھ، دہکتے ہوئے کوئلے گرے، پھر انگیٹھی اس کی کمر پر دھب سے گری اور لومڑ چیختا ہوا بھاگا۔

اوپر سے خرگوش چیخ چیخ کر پوچھتا رہا، "کچھ مزہ آیا؟ کچھ مزہ آیا تمھیں؟"

۲۳۔ لومڑ کی کھال پر خرگوش کے بچے کھیلتے ہیں

اگلے دن دو پہر کے وقت خرگوش اپنے بچوں کو ساتھ لے کر میلہ دیکھنے گیا۔ اس نے اپنے بچوں سے کہہ دیا تھا کہ ہر طرف سے ہوشیار رہنا، کیوں کہ کمزور کا کوئی دوست نہیں ہوتا۔ سب دشمن ہی دشمن ہوتے ہیں۔

میلہ خوب تھا۔ ہر طرف رونق تھی۔ ایک طرف ہنڈولے لگے ہوئے تھے، جس کی چُوں چُوں چَر چَر سے بچوں کا دل بھی مچلنے لگا۔

اچانک ایک بچے نے دور اشارہ کیا۔ خرگوش نے غور سے دیکھا۔ لومڑ ان کی طرف جھپٹا چلا آ رہا تھا۔ خرگوش جھٹ ہنڈولے والے کے پاس پہنچا اور بولا، "بڑے میاں! ہم ذرا اوپر سے میلے کا نظارہ کرنا چاہتے ہیں۔ ہمیں اوپر پہنچا کر ہنڈولا روک دینا۔ جتنی دیر ہم اوپر رہیں گے، تمہیں معاوضہ دیں گے۔"

ہنڈولے والا مان گیا۔ اس نے خرگوش اور اس کے بچوں کو ہنڈولے میں بٹھا کر اوپر پہنچا دیا اور ہنڈولا روک دیا۔ اب خرگوش اور اس کے بچے بالکل محفوظ تھے۔

کچھ ہی دیر میں وہاں لومڑ بھی آ پہنچا۔ اس نے ڈانٹ کر کہا:

"اے بڈھے! یہ ہنڈولا کیوں روک رکھا ہے تم نے۔ مجھے بھی اس میں بیٹھا کر اوپر کی سیر کراؤ۔"

ہنڈولے والے کو بڑا غصّہ آیا۔ اس نے خرگوش کی طرف منہ اٹھا کر دیکھا۔ اُدھر

سے خرگوش نے سر ہلا دیا۔

ہنڈولے والے نے لومڑ کو ہنڈولے میں بٹھایا اور زور کا جھونٹا دیا۔ آہستہ آہستہ خرگوش نیچے آتا گیا اور لومڑ اوپر ہوتا گیا۔ جب دونوں کا سامنا ہوا تو خرگوش مُسکرا کر بولا، "اب تمام دن اوپر کی سیر کرنا بھیّا جی، خدا حافظ!"

جب لومڑ اوپر پہنچا، خرگوش نیچے آ گیا تھا۔ ہنڈولے والے نے ہنڈولا روک دیا۔ خرگوش نے اسے انعام دیا اور بولا، "بڑے صاحب! یہ لومڑ ہمیں پریشان کرنا چاہتا ہے۔ مہربانی فرما کر اسے کچھ دیر اوپر ہی لٹکا رہنے دیجیے۔ اتنے ہم میلہ دیکھ کر واپس پہنچ جائیں گے۔"

خرگوش نے بٹوہ کھول کر بوڑھے آدمی کے ہاتھ پر کچھ اور روپے رکھ دیے اور جھک کر اُسے سلام کیا۔ پھر لومڑ کی طرف دیکھا۔ اُسے بھی سلام کیا اور چل دیا۔

بے چارہ لومڑ جی ہی جی میں پیچ و تاب کھاتا رہا۔ کبھی ہنڈولے والے کو گالیاں سناتا، کبھی دھمکیاں دیتا، لیکن اس کے کان پر جوں تک نہ رینگی۔

آخر مجبور ہو کر لومڑ نے اوپر سے چھلانگ لگا دی۔ اس کے انجر پنجر ڈھیلے ہو گئے۔ لوگ اسے اسٹریچر پر ڈال کر ہسپتال لے گئے۔ جہاں اسے کافی دیر بعد ہوش آیا۔ شام کو پٹّیوں میں بندھا جکڑا لومڑ خرگوش کے مکان پر پہنچا۔ بے شرم تھا۔ اتنی چوٹیں کھا کر بھی چین نہیں۔

"ارے خرگوش بھیّا! اے بھیّا جی!" اس نے مری ہوئی زبان میں کہا۔

خرگوش نے جھانک کر دیکھا۔ اسے لومڑ کا حلیہ دیکھ کر بڑی خوشی ہوئی۔ ہنس کر بولا، "کیا حال ہے؟"

"بڑا نازک ہے۔ سخت چوٹیں آئی ہیں۔" لومڑ نے کراہتے ہوئے کہا۔

"آپ نے توہائی جمپ لگائی تھی۔" خرگوش ہنستے ہوئے بولا۔

"وہ تو اب بھی لگاؤں گا۔" لومڑ اطمینان سے بولا۔

خرگوش سمجھ گیا کہ اب لومڑ کے سر پر قضا منڈلا رہی ہے۔ یہ جان کی بازی لگا کر پیچھے آیا ہے۔ اس لیے مانے گا نہیں۔ اس نے دیکھا کہ لومڑ کی دُم دروازے کے ساتھ لگی ہوئی ہے۔ وہ جھٹ نیچے اترا۔ آہستہ سے دروازہ کھولا۔ لومڑ کی دُم دروازے سے اندر آ گئی۔ پھر اس نے کھٹ سے دروازہ بند کر دیا۔ لومڑ کی دُم دروازے کے تختوں میں پھنس گئی۔ وہ درد سے چلّانے لگا۔

اندر سے خرگوش کی بیوی سروتا اٹھالائی اور ایک جھٹکے سے لومڑ کی دُم کٹ کر ان کے ہاتھ میں آگئی۔ بے چارہ لومڑ درد سے چیختا ہوا دور تک بھاگا چلا گیا۔

رات ہو گئی تھی۔ سب بچے سو گئے۔ خرگوش نے اپنی بیوی سے کہا، "ذرا ہوشیار رہنا۔ آج لومڑ ہائی جمپ لگانے کا ارادہ رکھتا ہے۔"

خرگوش اور خرگوشنی نے سب دروازے، روشندان اور کھڑکیاں مضبوطی سے بند کر دیں اور آتش دان کے نیچے آگ جلا کر اوپر پانی ابلنے کو رکھ دیا۔

خرگوش کا خیال ٹھیک نکلا۔ آدھی رات کو چھت پر لومڑ کے قدموں کی چاپ سنائی دی اور وہ دونوں ہوشیار ہو کر بیٹھ گئے۔

لومڑ نے ہر طرف دیکھا۔ دروازے اور روشندان بند پا کر بہت مایوس ہوا۔ آخر اس نے چمنی کے راستے اندر کُودنے کا پروگرام بنایا اور وہ دھڑام سے کُود گیا۔

نیچے دیگ تھی اور اس میں پانی ابل رہا تھا اور پانی میں لومڑ ابل کر رہ گیا۔

تب خرگوش اور خرگوشنی نے اسے دیگ سے باہر نکالا۔ اس کی کھال الگ کی اور گوشت باہر پھینک دیا۔ کہتے ہیں آج بھی خرگوش کے مکان میں لومڑ کی کھال ہے، جس پر اس کے بچے کھیلتے ہیں۔

خرگوش کے سب دشمن ختم ہو گئے تھے۔ وہ عرصۂ دراز تک چین اور سکون سے رہتا رہا۔

✳ ✳ ✳